爪句

TSUME-KU

@天空の整理箱

爪句集 覚え書き—53集

　以前から気になっていた AI で作る俳句について、北大大学院情報科学研究院調和系工学研究室准教授山下倫央先生をオンラインの勉強会 eSRU（e シルクロード大学）の講師として招待して話して頂いた。そこで認識を新たにしたのは、俳句は「句作」と「句会」がセットになっている事である。俳句の場合、句作後出来が良いと自分で評価しても作業はそこで終わらない。句会に出して他人の評価を得て納得して、作句活動が一応終わる。

　AI 俳句でも膨大な数の俳句を機械的に生み出しても、評価の問題がある。そこで AI 俳句を句会や選評会に出して人間の評価者が優劣をつける。人間の作った俳句に伍して秀作と評価されるところに AI 俳句のレゾンデートルを見出そうとする。ただ、秀作の AI 俳句が作れたからといって、PC による句作の意味が何なのかの問題はいつまでも残る。

　ここで「爪句」を考えると俳句との違いがはっきりしてくる。爪句は句会を必ずしも必要としな

い。元々写真データのファイル名として俳句の形式を借りたもので、写真データを検索する時の効率性や記憶の手助けに重きが置かれていて、文芸的観点での爪句の良し悪しはほとんど問題にしていない。爪句は写真データのキャプションに徹している。

前述の勉強会の講演で説明された芭蕉の次の句「古池や 蛙飛び込む 水の音」を例に取った話が思い起こされる。俳句とは、先ず芭蕉が水辺に蛙のいる情景を思い浮かべ、それを 17 文字に変換し（記号化）、この句から読者が元の情景を想像する（復号化）の過程と考えられる。爪句もこれに似ているけれど、頭に浮かぶものは情景ではなく、写真という確定的なデータであって、これを爪句で記号化して、復号作業は元の写真を記憶システムで検索する事である。そこでは読者が爪句から元の情景を思い起こす必要はない。元の写真が検索されればそれでよい。この点からも爪句の句会といったものの存在は影が薄い。

しかし、爪句を始めた初期の頃、爪句を新しいデジタル文芸にしたいとの意気込みもあった。文芸と呼ばれるものは作家と読者がいて成り立つ。読者は作品を作ることは出来なくても、作品を評価する力はある。爪句は写真集の付属品で、読者

が写真を見て、その爪句が良く特徴を説明しているか（良いキャプションになっているか）、を講評しあう句会に相当するものも考えられる。そのためには写真と爪句同好会のような集まり作りも必要になってくる。そのような集まり作りにはこれまで成功していない。ただ、爪句集出版は53集に到達していて、これは成功したと言える。

追記：本爪句集は主に自宅敷地上空でドローンを飛ばし空撮写真を得て、そのデータからパノラマ写真を合成している。自宅は札幌市西区にありドローンの飛行に関しては人口密集地の区分で、国土交通省から飛行許可・承諾を得て飛行させている。その許可・承諾書は「爪句@天空に記す自分史」に載せており、天空に配置した許可・承諾書をこのページのQRコードを読込む事で確認できる。

AIで　作る俳句や　意味を問う

　久しぶりに輪郭のくっきりした日の出を撮る。昨夕は
オンライン eSRU の例会で、北大調和系工学研究室の山
下倫央准教授に講義してもらう。同准教授の研究テーマ
の AI 俳句生成システム「AI 一茶くん」のこれまでの進
化過程と今後の話となる。

爪句@天空の整理箱 目次

Ⅱ 新聞・雑誌記事

- 近未来技術を解説する元日の新聞紙面
- 北海道新聞コラムに取り上げられた命名パンダ
- 記事になったりならなかったりする努力の50号
- 難しい新聞紙全面記事のデジタル化
- Sexy が売りの週刊誌に取り上げられた「マイコン研」
- 顔写真と CG、サッポロバレー、e シルクロードの記事
- 写真整理作業中に起きた安倍元首相銃撃事件
- 世界遺産登録前に空撮している北黄金貝塚
- コロナ禍の下で開幕した東京パラリンピック
- 初めて新聞に載った審査員特別賞の写真

Ⅲ 書籍

- ビジネスの「異端者」の仲間入り1
- ビジネスの「異端者」の仲間入り2
- ビジネスの「異端者」の仲間入り3
- 秘境本にも書いた海の無い江別市の漁業協同組合
- 聞いたり目にする事の少ないお宝テレカのコレクション
- 都市秘境探しから空撮に宗旨替えの日々
- 北海道 IT 産業史の第一級資料「サッポロバレーの誕生」
- 建て替えられて雰囲気が薄れた陣屋大手門跡
- 難読地名の濃昼山道取材の思い出

Ⅳ 歴史・資料

- どんな社会人になったか気になる札幌招待の中国人弁論生徒
- 白亜館と呼ばれていた北大工学部校舎
- 今は無い竜飛海底駅下車の思い出切符
- 機関誌が記録する「知識情報処理研究振興会」
- 未完で終わった風景社印プロジェクト
- カラー印刷で新聞紹介の広報誌「eシルクロード」
- 筆で書かれた瀋陽工業大学計算機学院の鄭重先生の手紙
- 札幌IT史の史実として定着した言葉「サッポロバレー」
- 退職後の時間の余裕を生かしての講演スライド作り

Ⅴ 研究

- 年月を置いて同一人物とは思えない研究者と俳人
- 今でもつながりのある最も古い研究室出身者
- 雪中レーダと銘打って未完に終わった研究
- 鬼籍に入った電波と雪氷の共同研究者たち
- 国が乗り出したIT産業集積地創成事業
- 自分で作るコンピュータ講習会
- 札商80年史に記録されたマイコン利用新産業創生論文
- 爪句集校正への利用を考えてみる生成AI

Ⅵ 趣味・出版

- 校正作業を変えてしまったコロナ禍の猛威
- 都市秘境取材の引き金になった札幌市本庁舎の茶室
- 技術専門誌の図書紹介に載った「マイコンと私」シリーズ
- 大田広域市の Expo 公園内の施設でのスケッチ展
- ウッドサークルがデザインされた福本工業の風景社印
- 北海道新聞で小さく紹介された第 50 集目の爪句集
- 切手にして残す著作表紙と撮影した野鳥写真
- コンテスト入賞でセミプロ空撮写真家と自称
- 入賞常連者となる西区 SDGs フォトコンテスト
- 届いた菓子も胃潰瘍で美味しさ半減

Ⅶ 季節

- 被写体を探して歩く 1 月の雪の山林
- 荒天でも日課のドローンによる空撮
- 別々の作業をしている夫婦が写る空撮写真
- 緑の戻っていない空撮景観に春の息吹を貼り込む
- コロナ禍で行動範囲が家の近くになるみどりの日
- 太陽は雲の中で空撮できなかった夏至の日の出
- 花と虫の組み合わせ写真を天空に貼る
- 早朝で人影のない空から見た公園と街並み
- 中の川の清流を遡るサクラマスを追っかけ撮影
- 朝日で紅葉の紅さが増して写る空撮景観
- 冬の到来を待つ葉が落ちた木に残る赤い実
- 人力に除雪機も加わっての大雪の後始末

XII　日の出

- 初日の出がわずかに見える曇り空に貼りつける年賀状
- 日の出空撮後に行なう NHK ラジオ体操
- 撮影禁止区域を確認するソフトの撮影地表示の位置ずれ
- 撮影禁止区域を抜けるまで自転車を走らせて撮る日の出
- 桜の季節に紅葉のように見える日の出時の山の木々
- 日の出時刻に連動して早まる起床時間
- 雨になる前の日の出時の朝焼け空
- 三角山山頂で日の出を狙って行なった空撮
- 目を惹くような被写体を撮影できずに書くブログ記事
- 日の出の空撮後リスの追っかけの日々
- 日の出を撮りに行く道にある霜の降りた落ち葉
- 三角山の山裾に移っている日の出位置

XIII　天体

- クレーターの見える月と日の出の対比の面白さ
- 飽きずに撮る夜空に繰り広げられる天体ショー
- 準備不足では空撮が難しい朝焼け空
- 望遠で撮影した幻想的日の出もパノラマ写真では並みの景観
- 日の出が撮れず昨夕の満月を昇る陽に代える
- ベランダで見るモエレ沼公園の花火大会
- 大都会の夜空に昇ってくる満月に近づいた月
- 肉眼では見る事が出来なかったレナード彗星

XIV ドローン

- ホバリング状態のドローンを野鳥に見立てて撮影
- 初めてのマイナンバーカード利用のハードルの高さ
- 西野市民の森散策路でドローンを飛ばしての空撮
- 実現していないドローンを自転車に積んでの空撮チャリ旅
- 参院選に合わせるように購入した Mini2 ドローン
- 見事な朝焼けを撮影中のドローンを地上から撮影
- 風を侮ると仕返しのあるドローン飛行
- 短時間で消えてしまう朝焼けの空撮の難しさ
- 購入機種のテストで室内で飛行させる mini2
- 風が強く着地に失敗したドローン

XV 日常・仕事

- 講演中の鈴木直道北海道知事のパノラマ写真撮影
- 小雨となった参院選投票日の朝
- 高齢者の自動車事故を戒めにしようと夫婦の会話
- 庭の畑の作物の生育状況が気になる雨上がり
- コロナ禍と高齢が阻むマラソン競技の現地撮影
- 農地売却後も細々と農業を続ける農家からの貰い物
- 「敬老の日」近くに届く予期しなかった商品券
- 野菜販売の農家にあげている自家製カレンダー
- 値上げの秋に急落するビットコインの相場
- 早朝の道庁の庭で撮影したヤマガラ

XVI 散歩

- 春の到来の前触れである木々の根開け
- 雪解け水の流れの傍で見るネコノメソウ
- 熊情報があると封鎖になる事のある宮丘公園
- 緑の森が住宅地に迫って見える空撮写真
- 散歩中に撮影した蛾をシャクガの仲間と同定する
- 真夏日を約束する日の早朝散歩
- ペット用服を着こなした散歩猫
- エリザベス女王の訃報に接して早朝散歩
- 当たり年といってもよい今年（2021年）の紅葉
- 雪面に描く札幌市西区の環境キャラクター「さんかくやまべェ」

XVII 出来事

- 特注した北海道功労賞記念品のシマフクロウの銀の羽
- 天井に貼りつけた秋元札幌市長が3選を果たす
- 講演会の冒頭ドローンを飛ばし記録写真撮影
- コロナ禍を忘れようと森の上空での空撮
- 勉強会以来注視しているビットコイン相場の大暴落
- 五輪競技撮影の代わりに撮るノラニンジンとカワラヒワ
- 2社からのクラウドファンディング公開後に気付く矛盾
- オリパラの賛否は今朝の雲に隠れた日の出の如し
- 瑞宝中綬章叙勲に中国のSNSで届く祝いの伝言
- デジタル化しても利用機会のないスライド写真

XX　自分と家族

- 北大退職が大学卒業ともみなせる研究・教育者人生
- 北海道スパークラスターマップ＆カレンダー
- 示される絵の組みを予め覚えて臨む認知機能検査
- 手作り商品の徽章台作製の内職を手伝った思い出
- 実家青木商店からカナダ留学までを思い起こす家族の写真
- 後に判明した胃潰瘍による体重減
- 小さくても家人と確認できる機関紙写真
- 出版した爪句集とカレンダーでデザインした年賀状
- 病と競走しながらの爪句集原稿整理
- 結局目も通さなかった持ち込み本

朝食前の探鳥散歩で撮影した野鳥たち

（空撮 2023・4・28）

朝餉前　気持ちの急いて　鳥果かな

　山道の雪が解け歩き易くなり、木の枝に葉が現れない頃が野鳥撮影に適している。その期間は短いもので、天気の状態もあり鳥果を得る機会はそれほど多くない。今朝はツグミ、ホオジロ、ヒヨドリ、シジュウカラ、ゴジュウカラ、アカゲラを撮る。

干支の馬探しで
始まったコラム「朝の食卓」

（空撮 2022・4・3）

都市秘境 放映されて 珍百景

　北海道新聞のコラム「朝の食卓」の執筆を依頼されて書いた。初回の話題は豊川稲荷社の干支に関するものだった。この頃は都市秘境作家として活動していてコラムのテーマは「北海道の珍百景」としてテレビ放送（HTB）でも取り上げられている。

「爪」の音読みが「そう」と知る「爪句」造語後の知見

(空撮 2023・2・28)

造語後 「爪」の音読み 「そう」と知る

　　パソコンでの画像処理技法「サムネイル（thumbnail）」から拝借で「爪句」の造語を考案して使っている。読みは「つめく」としているけれど後に「そうく」とも読める事を知る。他に使う人もいないので、爪句シリーズの出版が終われば消える造語だ。

NBO(ノン・バジェット・オペレーション)の勉強会で配った修了記念品

（空撮 2023・4・8）

NBO カップに記録し 勉強会

　造語NBOの勉強会「eシルクロード大学」は新聞記事で確認すると2006年5月に始まっている。講師と聴講生が対面形式で行なっていたけれどコロナ禍で2020年6月からはオンライン形式になった。修了者に配った修了記念カップがいくつか残っている。

先進国に留学し先進国に帰国する中国人留学生

(空撮 2023・4・7)

留学や 帰国で見るは 先富国

　最近の米中覇権争いで中国の急速な国力増加は驚くばかりである。一方、邦人がスパイ容疑で中国国内で拘束された報道に接すると、以前のように中国に元留学生を訪ねて気楽に交流する気持ちは薄れた。侯さん莫君は日本留学が役立っただろうか。

頓挫した風景社印の
残存データ拾い

（空撮 2023・4・2）

頓挫した　風景社印　データ拾う

　北海道新聞のコラム「朝の食卓」に執筆していた時期があった。2010年7月13日に「風景社印」について書いている。記事を読むとプロジェクトのキックオフ・パーティも開いている。この企画はその後まず頓挫した。残されたデータを拾ってみる。

空撮物書き四種の
神器で書くブログ記事

（空撮 2022·10·31）

ドローン入れ　四種の神器　ブログ書き

　コラムに書いた物書き三種の神器に現在はドローンが加わる。最近の爪句集の写真には空撮写真が多くなって、ドローンを飛ばしてからブログ原稿を準備してインターネットで公開している。コラム表題を「空撮物書き四種の神器」で書き直したい。

爪句結社「秘境」を秘密結社と紹介された「一人の結社」

（空撮 2022・10・25）

1人でも　結社標榜　爪句集

爪句シリーズは2008年1月に第1集を出版した。最初は著者名も本名で結社名も無かった。第2集からは爪句結社「秘境」と俳号「曲直」を爪句集表紙に印刷し、その経緯を「朝の食卓」に書いた。この体裁は第32集まで続き第33集で結社名は消えた。

清野専次郎屯田兵が
残した姓の秘境

(空撮 2022・12・5)

「清野」姓 姓の秘境や 屯田兵

　「無名会」は朝食付きの勉強会である。主宰者は故石黒直文氏で同氏が講演者を手配していた。同氏は経済人で経済界や官界からの講師が多かったが大学の先生も講師で呼ばれた。北大の清野研一郎教授の本題の話より屯田兵の子孫の話が記憶に残る。

5秒間の取材で写真記録が残った多くの廃駅舎

(空撮 2023・2・6)

5秒間　取材で残る　駅舎かな

道新コラム「朝の食卓」に書いた「5秒間の取材」で撮影した駅には姿を消したものが多い。札沼線の石狩金沢駅以北や石勝線の夕張支線は路線ごと消えた。「爪句@北海道の駅―道央冬編」は2010年の出版で一昔前には存在した駅を思い出している。

役に立っている自炊ブームで購入したスキャナー

(空撮 2023・3・19)

ブーム去り　自炊のスキャナー　残りたり

「朝の食卓」に書いた自炊ブームに巻き込まれそれ用のスキャナーを購入し、自費出版の「マイコンと私」シリーズをデジタル化してみた。デジタル化したデータは利用する事もなくディスクの中で眠っている。爪句シリーズは校正用データで事足りた。

四川大地震に耐えた
古代の水利施設

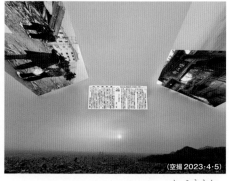

（空撮 2023・4・5）

大地震 水利は耐えて 都江堰（とこうえん）

　四川大地震は 2008 年 5 月 12 日に起きた。それか
らほぼ 2 年後に研究室の元留学生の莫舸舸君の案内
で世界遺産の都江堰を訪れた。都江堰市近郊には
未だ撤去されていない大地震で倒壊した建物が残っ
ていて、観光客がそれをバックに写真を撮っていた。

気になるヒマワリ花粉採集器と伊東裕氏のその後

(空撮 2022・4・6)

ヒマワリや　在野研究　花粉かな

　一時期著者のブログに毎回のようにコメントを書き込んでくれた伊東裕氏がおられた。そんな関係もあり、在野のヒマワリ花粉研究家の同氏と北竜町まで出向いてヒマワリ花粉採集新兵器を現場で見せていただいた。コラムで紹介した著書も頂いた。

爪句集の録音図書の可能性を考えてみる

(空撮 2023・4・4)

爪句集　録音図書と　なり得るや

　「朝の食卓」に書いた「録音図書」の制作の現場を覗いた経験がある。その事を思い起こして写真集に限りなく近い爪句集、それも空撮パノラマ写真を再現する本の録音図書の可能性を考える。爪句と短文に加え写真の説明を録音する事になるのかな。

ブログで探し出す 一昔前のエピソード写真

(空撮 2023・4・3)

検索や 一昔飛び 大手門

　石狩市浜益で撮影した「ハママシケ大手門」がパントマイム劇公演に使われた事を新聞コラムで紹介した。一昔前の話で関連する写真は散逸していてブログに残っているものを探し出す。自家製カレンダーの今月の頁は新築の大手門の写真を使う。

自家薬籠中のものに
したパノラマ写真術

（空撮 2022・4・7）

写真術　自家薬籠の　ものとする

　何か趣味の類に没頭するのは勤め人には制約がある。コラムで紹介した福本氏は社長業がありパノラマ写真撮影に多くの時間を使えない。その点著者はこの新しい写真技術を自家薬籠中のものにして福本氏の露天風呂入浴中の写真まで撮っている。

元中国人留学生を介しても
広がらなかった「十音句」

(空撮 2023・4・2)

コラム書き　広がり期待　十音句

　中国語は漢字を介して少し理解できる程度で、自分で提唱した「十音句」を自分で作句する事ができない。かつての留学生の助けを借りて爪句を十音句に直してみる。しかし、十音句が広がる事はなかった。捨てがたいアイデアだとは思っているのだが。

爪句制作を生活の中心に据えた14年間の成果の1万句

(空撮 2021・12・27)

14年　生きた証拠の　1万句

　朝日新聞に爪句のインタビュー記事が載ったのが2011年10月で、「夢は1万句」と語っている。翌年12月の最後の「朝の食卓」で10年後には1万句と書いている。北海道新聞の2022年4月のインタビュー記事に1万句達成とあり14年かけて完遂した。

近未来技術を解説する
元日の新聞紙面

(空撮 2021・1・1)

元日号　未来予測が　セピア色

　　元日の新聞（北海道新聞）は分厚い。通常紙面の他に特別編集のものがあり、近未来の技術の解説がある。今年（2021年）はコロナ禍に対処する技術の紹介。1978年の元日は「未来をつくるマイコンピュートピア」の記事で研究室のマイコンが取材された。

北海道新聞コラムに
取り上げられた命名パンダ

（空撮 2022·1·31）

曤友（イエヨウ）と　名付けしパンダ　雪空（そら）に貼り

　新聞の切り抜きをスキャナーで取り込みデジタル化する作業を続けている。北海道新聞の「卓上四季」に成都パンダ繁育研究基地で生まれ、命名権を買い取り「曤友（イエヨウ）」と名付けたパンダが引用されている。曤友のカレンダーも制作した。

記事になったりならなかったり
する努力の50号

(空撮 2022・2・20)

機関誌や 記事になったり 50号

　　古い新聞記事の切り抜きを整理していたら「北
海道マイクロコンピュータ研究会」の機関誌「μコ
ンピュータの研究」が1981年3月に50号となっ
た記事が目に留まる。2022年2月に爪句集第50集
を出版してもすぐには新聞記事にはならなかった。

難しい新聞紙全面記事のデジタル化

(空撮 2022・2・21)

デジタル化　紙面大きく　手間かかり

新聞の切り抜きをスキャンしてデジタル・データ化している。A4サイズまでなら手持ちのスキャナーで用は足りる。それ以上の大きな切り抜きは縮尺コピーで A4 にせねばならない。切り抜きを何枚か縮尺コピーしたものを切り貼りで A4 にしてみる。

Sexyが売りの週刊誌に取り上げられた「マイコン研」

(空撮 2022・3・8)

セクシイな　週刊誌載り　マイコン研

> 資料のデジタル化作業中週刊誌に取り上げられた記事を見つける。Sexy が売りの週刊誌と「北海道マイクロコンピュータ研究会（マイコン研）」の取り合わせが面白かったので週刊誌の表紙ごと残しておいた。サッポロバレーの全盛期の頃である。

顔写真とCG、サッポロバレー、eシルクロードの記事

(空撮)2022.3.14

若き日の　己が写真や　記事を読む

雪のちらつく朝で、風もあり散歩も空撮も行わず論文・記事のデジタル化作業を続ける。デジタル化を行なってもデータを利用する事はまずないだろう。空撮写真に貼りつけておけばブログを見返す時に読む事もあろうかと、時間をかけて処理する。

写真整理作業中に起きた
安倍元首相銃撃事件

(空撮 2022・7・8)

大事件　整理写真と　並べたり

　驚愕する事が起こった。安倍元首相が銃撃され心肺停止で救急車で運ばれた。正午近くの事件で道新夕刊に記事が載る。写真の整理中に北大電子工学科の慰安旅行の写真を夕刊の記事と並べて空撮写真に貼る。写真の教授の先生は全員他界している。

世界遺産登録前に
空撮している北黄金貝塚

(空撮 2017・7・27)

貝塚や　縄文遺跡　処理し見る

　道新朝刊の第1面に、北海道と北東北の縄文17遺跡群が世界遺産に登録された記事が載る。4年前遺跡群の一つ伊達市「北黄金貝塚」で空撮を行なっている。未処理のデータを処理し新聞紙面を貼りつける。刈り込まれた芝生に貝塚が白く見える。

コロナ禍の下で開幕した
東京パラリンピック

(空撮 2021・8・25)

災害と　祝祭並ぶ　宙ぶらりん

　　雨が降っているかいないか分からない中、庭でドローンを上げて空撮。道新第1面にはコロナウイルスの急拡大で道にも緊急事態宣言が出される記事と東京パラリンピック開幕記事が並ぶ。国家的災害と祝祭が同時進行で、雨か晴れかの宙ぶらりんだ。

初めて新聞に載った
審査員特別賞の写真

(空撮 2021・11・30)

作品や　紙面に載りて　箔の付き

何気なく北海道新聞の別刷りを開いてみると自分が撮影した写真と撮影者の名前がある。西区SDGsフォトコンテストの審査員特別賞に入賞した作品である。文章が新聞に掲載された事はあるけれど、写真は初めてである。写真に付けた爪句も載る。

ビジネスの「異端者」の仲間入り1

(空撮2023・2・16)

異端者と　ビジネス人に　加えられ

　新潮社から舟木春仁著「時代がやっと追いついた」が2003年に出版された。本の帯に「過激な改革者からの16のメッセージ」のキャッチコピーがあり、16人のインタビューされた1人に加わった。大学人であったけれどビジネスの「異端者」になる。

ビジネスの「異端者」の仲間入り2

（空撮 2023・2・17）

札谷の　先駆け人が　著書に生き

　「時代が…」にはサッポロバレー（札谷）誕生当時の先駆け企業や企業人が取り上げられている。その後これらの企業のかなりの数が消えて企業人も表舞台から去り故人になった人も多い。著作が世に出て20年経ってその変わりようが激しい。

ビジネスの「異端者」の
仲間入り3

(空撮 2023・2・18)

時を経て　異端者の言　歴史入り

　「時代が…」を再読してサッポロバレーと全国に喧伝された時代は北海道の産業史になった感が強い。2023年3月に出版された「北海道現代史・資料編（産業・経済）」に「μコンピュータの研究」の著者の巻頭言が収録され、その証左といえる。

秘境本にも書いた海の無い
江別市の漁業協同組合

(空撮 2022.2.20)

江別市や　漁業組合　役目終え

　道新の別刷版に江別市のヤツメウナギが取り上げられている。2008年に出版した「江別・北広島秘境100選」で海の無い江別市にヤツメウナギ漁のため漁業協同組合がある事を紹介した。新聞記事では漁獲激減で組合は解散したとあり時代は変わる。

聞いたり目にする事の少ない
お宝テレカのコレクション

(空撮 2022・2・26)

お宝や　聞かず目にせず　テレカかな

　久しぶりに日の出景を空撮する。各種資料のデジタル化の作業を続ける。いつになればこの作業から解放されるのか見通しが立たない。テレホンカード（テレカ）のコレクションもあり、企業でも個人でも記念テレカを作成していた時代があった。

都市秘境探しから
空撮に宗旨替えの日々

(空撮 2023·3·29)

車庫通り　秘境本記事　読み返す

　本日の道新朝刊に北広島市の「車庫通り」の記事が載る。2008年に出版した「江別・北広島秘境100選」にこの通りが紹介されている。中澤正博氏が取材記事を書いている。今朝西野川上流で撮影した日の出の空撮写真に前書の内容を貼りつける。

北海道IT産業史の第一級資料「サッポロバレーの誕生」

（空撮2022・6・27）

ムック本　道史に残す　サッポロバレー

「サッポロバレーの誕生」（2000年）に関連し故三浦幸一氏の話を「魚眼図」に書いた。同書は北海道の情報産業史の第一級の資料で道が進めている「北海道現代史」の参考資料である。同書に故服部裕之氏も登場し同氏の棺に収められた印象が強く残る。

建て替えられて雰囲気が薄れた陣屋大手門跡

(空撮 2021・10・3)

雰囲気は 古きが勝り 陣屋跡

　2007 年に出版した「小樽・石狩秘境 100 選」に
ハママシケ陣屋跡の取材記がある。この史跡を再訪
し空撮パノラマ写真を撮る。陣屋大手門跡は新しく
建て替えられていた。前書の古い大手門跡の写真と
並べて天空に貼り込む。古い方が雰囲気がある。

難読地名の濃昼山道取材の思い出

（空撮2021・10・3）

空撮や 濃昼山道 秘境道

　昨日の空撮行のデータ整理を行なう。オロロンラインの石狩市厚田区にある濃昼山道の出入り口を車から探しても1回で見つからず。ようやく滝の沢入口を見つけて空撮。自著「小樽・石狩秘境100選」に濃昼山道を歩く妻の後ろ姿の写真を載せている。

どんな社会人になったか気になる
札幌招待の中国人弁論生徒

（空撮 2023・2・1）

惚れ込みて　弁論生徒　招きたり

　書類の束から1枚の手紙がこぼれた。2006年に北海道と黒竜江省の友好関係締結20周年に合わせ、ハルビン市で行われた日本語弁論大会で優勝を逃した生徒を札幌に招待した時の礼状だ。高橋はるみ知事や黒竜江大学洪海先生との記念写真が残る。

白亜館と呼ばれていた
北大工学部校舎

(空撮 2023・3・20)

白亜館　記憶に残る　校舎かな

　北大工学部100周年記念事業の寄付案内が届いていたので寄付を行なった。その礼状と領収書、記念品が届く。学生として工学部に通った頃の建屋の写真を探し出し、今朝の空撮写真に貼る。2階建ての校舎は壁が白く白亜館と呼ばれていた。

今は無い竜飛海底駅下車の思い出切符

（空撮 2022・3・23）

駅激減 整理に迷い 切符かな

日の出前に近くの山の斜面まで歩いて行き日の出を空撮。資料のデジタル化作業を続ける。廃線や廃駅となった駅の切符や乗車券、列車引退記念の硬券入場券等が残っている。札沼線や根室線の一部分が廃線で一日散歩切符で行ける駅が減っている。

機関誌が記録する
「知識情報処理研究振興会」

(空撮 2023・3・28)

組織消え　会のプレート　本棚飾り

　　学外のビルの一室を借りて「知識情報処理研究振興会」を活動させていた時期があった。その部屋に掲げていたプレートの写真を撮る。同会の機関誌「いんふぉうぇいぶ」は 1984 年創刊号を出し隔月刊で 1995 年まで続いた。立派な会印が残っている。

未完で終わった
風景社印プロジェクト

(空撮 2023・3・31)

アイデアの 風景社印 未完なり

札幌市内の郵便局を巡り風景印を集めて「風景印でめぐる札幌の秘境」を 2009 年北海道新聞社から出版した。風景印に代えて企業が自社の社印を都市秘境をデザインして作るプロジェクトを立ち上げ、札幌商工会議所にも助力を求めたが未完で終わる。

カラー印刷で新聞紹介の広報誌「eシルクロード」

(空撮 2023・4・19)

時流れ 消える会社や 広報誌

　北海道新聞に「eシルクロード研究工房」の広報誌が紹介された。記者は佐藤元治氏でよく著者に関する事を記事にしてくれた。創刊号に掲載の広告料で支援してくれた企業中「ノーステクノロジー」だけが会社名と社長が変わらないで続いている。

筆で書かれた瀋陽工業大学計算機学院の鄭重先生の手紙

(空撮 2023・4・26)

毛筆の　手紙スキャンや　流し読み

資料の整理をしていて瀋陽工業大学計算機学院長鄭重先生の毛筆の手紙が出てくる。日付は1988年3月20日である。中国語でも漢字から内容はおおよそ理解できる。日本から出向いてこの学院設立に尽力した当時が蘇る。鄭先生は鬼籍に入られた。

札幌IT史の史実として定着した言葉「サッポロバレー」

（空撮 2022・7・28）

IT史　史実定着　サッポロバレー

　　北海道新聞（2022・7・28）の札幌市制100年の特集ページを読む。「産業基盤強化へ IT関連に注目」の見出しの記事中に「サッポロバレー」の言葉がある。サッポロバレーは歴史になった。2004年と2005年に出版した自費出版本を開き IT史を見返す。

退職後の時間の余裕を
生かしての講演スライド作り

（空撮 2021・11・28）

退職や　スライド作り　時間かけ

　講演用スライドを1枚作るのにかなりの時間がかかる。空撮後写真の貼り合わせ処理を行なう。天空部分に貼り込む写真をフォルダー内から探し出す。写真の貼り込み作業が終われば PowerPoint のスライドにする。退職者なのでやれる仕事である。

年月を置いて同一人物とは思えない研究者と俳人

(空撮2023・1・24)

研究者 俳人となり 幾星霜

　岩崎俊君から童話集「森の中のクー」と句集「風の手紙」が送られて来る。同君は北大電子の博士課程で音響ホログラフィーの研究を行ない学位を取得した。多数の発表論文がありこれらの論文のいくつかを童話集や句集と並べて年月の経過を感じた。

今でもつながりのある 最も古い研究室出身者

(空撮 2023・1・28)

ホログラフィー　記憶に残る　実験譚

　　月1回のオンライン勉強会を主宰しており来月2月には講師に日本コムシス相談役の伊東則昭氏を予定している。同氏が北大電子工学科の学生だった時、光ホログラフィーの実験を成功させている。その成果を「波動信号処理」に引用させてもらった。

雪中レーダと銘打って
未完に終わった研究

(空撮 2022・2・7)

大雪を 期待の研究 未完かな

　札幌の交通は大雪でズタズタである。職場に行く
必要がないので自宅で資料の整理。積雪に関連し
て北大での研究生活の初期の頃に行なっていた「雪
中レーダ」の新聞記事をデジタル化して取り込む。
研究遂行時には実験に都合がよい大雪を期待した。

鬼籍に入った電波と
雪氷の共同研究者たち

（空撮 2023・3・15）

共著者の　生き残る我　成果記す

　電子情報通信学会の1991年9月号会誌は北海道
在住会員で企画・編集され「電磁波と雪氷のつき
あい」特別小特集だった。研究中のCG原画作成ホ
ログラムを大日本印刷の協力で会誌に貼りつけた。
担当頁の共著者鈴木君、松本先生は鬼籍に入った。

国が乗り出した
IT産業集積地創成事業

(空撮2023・3・20)

カロッツェリア　プロジェクト名に　イタリア語

　2002年文部科学省が全国12地域10クラスターを選定し「知的クラスター創成事業」が開始された。札幌を中心に北海道も選定され推進プロジェクト名を「ITカロッツェリア」とした。イタリアの自動車を筆頭にしたデザイン・製造ブランド名である。

自分で作る
コンピュータ講習会

(空撮 2023・3・25)

コンピュータ DIYと 講習会

　北海道マイクロコンピュータ研究会を立ち上げた1976年から翌年にかけ札幌市内で4回程マイコン講習会を行なっている。受講者募集のビラは手書きでキャッチコピーは「あなたも自分でコンピュータを作れる」であった。講習会の写真は残っていない。

札商80年史に記録された
マイコン利用新産業創生論文

（空撮 2023・3・30）

マイコンで　新産業と　指南かな

　札幌商工会議所80年史に「自立論文最優秀作に情報化時代への指針」の章で顔写真入りで記録された。同会議所の「地域経済の自立」に応募した論文で新時代開幕の序奏の役目を果たしたと評価された。同会議所創立80周年記念テレカも手元にある。

爪句集校正への利用を考えてみる生成AI

(空撮 2023・4・29)

雨の日は　AI相手に　遊ぶかな

　今朝は雨で空撮散歩に行けない。昨日撮影した空撮パノラマ写真を再生する。天空部分に ChatGPT で爪句や説明文の生成、逆に AI に作句させた爪句と説明文を作成してみる。お遊びだが、自分で書いた爪句の説明文章の校正が一番利用できる感じだ。

校正作業を変えてしまった コロナ禍の猛威

(空撮 2022・1・20)

校正や　コロナ禍猛威　横目で見

朝刊に北海道のコロナウイルス感染者が初めて千人を超し、道がまん延防止を政府に要請検討中の記事が出る。この感染急拡大は恐ろしい。爪句集第50集の初校の校正を行なっていて、打ち合わせはオンラインで行なう予定。低調なCFのHPを確認する。

都市秘境取材の引き金になった札幌市本庁舎の茶室

（空撮 2023・2・14）

都市秘境　知られて消えた　茶室かな

　かつて札幌市本庁舎の19階に本格的な茶室があった。一般市民にほとんど知られておらず、都市秘境探索プロジェクトのきっかけになった。ブログで紹介したらマスコミにも取り上げられた。マスコミ宣伝の影響も大きくその後茶室は無くなった。

技術専門誌の図書紹介に載った「マイコンと私」シリーズ

(空撮 2022・3・21)

デジタル化　作業で読みて　自著書評

　春分の日は曇り、雪、晴れと天気が変化する1日となる。資料のデジタル化作業を続けていて自費出版本の書評を見つける。技術雑誌「インターフェース」の記事だ。勿論書評者が誰かは分からない。「マイコンと私」はシリーズで3冊出版した。

大田広域市のExpo公園内の施設でのスケッチ展

(空撮 2023·3·27)

ガラス張り　廊下に浮かび　我が絵かな

　大田広域市にあるベンチャー企業エマシスとの交流があった2006年、同社の金豊民社長に頼んで同市でスケッチ展を開催した。連絡が上手くゆかず市内の画廊に代えて Expo 公園内の施設を借りた。ガラス張り廊下にスケッチを飾り絵が浮かんで見えた。

ウッドサークルがデザインされた福本工業の風景社印

(空撮 2023・4・1)

ペット犬 円形立木 印図柄

　風景社印プロジェクトに福本工業の福本義隆社長が賛同してくれ、実際にゴム印が作られた。デザインは円形に植栽された立木と「チョコ」と呼ばれていた同氏のペット犬である。立木のウッドサークルは「札幌秘境 100 選」に取材記事が載っている。

北海道新聞で小さく紹介された第50集目の爪句集

（空撮 2022・5・8）

爪句集　紹介記事貼る　小雨空

　道新朝刊の北海道新刊情報欄に第50集目の爪句集の紹介を見つける。日の出時刻に小雨の中で空撮を行ない、紹介記事や件の爪句集表紙を空撮写真に貼り込む。空撮場所の近くで鹿と遭遇して写真が撮れた。虹や天使の梯子が空撮写真に写っている。

切手にして残す著作表紙と撮影した野鳥写真

(空撮 2022・6・9)

お悔やみの　手紙に貼りて　鳥切手

　写真や画像を指定して切手を作ってもらうサービスがあり、何回か利用している。自家出版の爪句集や北海道新聞社から出した秘境本の表紙を切手にしている。撮影したエゾライチョウやチゴハヤブサの写真の切手もあり、海外に飛んで行った。

コンテスト入賞で
セミプロ空撮写真家と自称

【一般の部】協賛企業特別賞（協賛：石屋製菓株式会社）

（空撮 2021・11・3）

コンテスト　特別賞で　日の出景

　「西区SDGsフォトコンテスト2021」の審査結果で審査員特別賞の受賞しか伝えてられていなかった。その他の入賞作品もチェックしていて協賛企業特別賞にも選ばれているのを見つける。日の出景で撮影場所は西野と書いたのに平和になっている。

入賞常連者となる
西区SDGsフォトコンテスト

(空撮 2022・8・16)

　入賞と　応募作貼る　雨上がり

　「西区SDGsフォトコンテスト2022」は今年が3回目で、各種の入賞作品が札幌西区役所のHPに発表になる。一昨年、昨年と入賞しており今年も応募し、協賛企業特別賞（一般の部）10作品に選ばれた。応募した3作品を空撮写真に貼ってみる。

届いた菓子も
胃潰瘍で美味しさ半減

(空撮 2022・11・28)

曇り空　菓子空に飛び　シマエナガ

　　曇り空の寒い朝で散歩はパス。庭で空撮を行ない初冬の殺風景な景色を記録する。頂き物の菓子と服用している薬を撮り天空に貼りつける。シマエナガの菓子は透明な包装袋に目、嘴、足を描いている。胃潰瘍では折角の菓子も美味しさ半減で残念だ。

被写体を探して歩く
1月の雪の山林

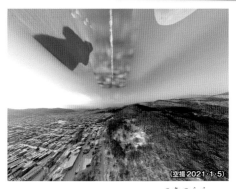

(空撮 2021・1・5)

雪面に　足跡のあり　月氷柱（つきつらら）

　良い天気で裏山を歩く。踏み跡が無く積雪に埋まりながら歩くので少々の坂でも脚に力が要る。雪面でアニマルトラッキングを行なうけれど何の動物か確定できない。空に欠けた月があり、氷柱の彼方に街が見える。ススキは雪と白さを競っている。

荒天でも日課の
ドローンによる空撮

(空撮 2022・2・22)

荒天に　ドローンふらつき　肝が冷え

　風が強く雪がちらつく中でドローンを飛ばす。それにしても今年の大雪は記録的である。窓の外の積雪はかなり上部まで達していて、ここまで雪の山ができるのは記憶にない。この雪の中でカワラヒワが目に留まる。久しぶりに庭で見る野鳥である。

別々の作業をしている
夫婦が写る空撮写真

(空撮 2021・3・3)

鳥の目で　我が家眺めて　大雪日

　昨日からの大雪で今朝も雪かき。日の出が写せそうなので庭でドローンを上げて空撮。50m上空のドローンの真下に我が家が写り、庭にドローンを上げている自分と、道路で雪かきをしている家人が写っている。雪かき後庭に飛来した野鳥を撮る。

緑の戻っていない空撮景観に春の息吹を貼り込む

(空撮 2021・4・12)

天で見る　春の風物　日の出空

　早朝5時前に宮丘公園に着きトイドローンを飛ばし日の出のパノラマ写真撮影。その後庭に来たキジバトを撮る。庭にクロッカスやユキノシタが咲いている。ポストに手紙を投函しに行く途中、中の川でカモを撮る。毎年目にする春の風物である。

コロナ禍で行動範囲が
家の近くになるみどりの日

(空撮 2021・5・4)

空撮で　春確かめる　みどりの日

　みどりの日。コロナ禍の無いいつもの年なら北大
植物園にでも行ってみる気も起こるけれど、最近は
地下鉄に乗り出掛ける事もほとんどなくなった。近
くの山道を歩き、コゲラを撮り、雪の残る山並みを
背景にヤマザクラの花を写真に収めたりする。

太陽は雲の中で空撮
できなかった夏至の日の出

(空撮 2022・6・21)

夏至陽無く　鹿食害の　枯れ木見え

今日は夏至。夏至の日の出を撮っておきたかったのだが厚い雲で日の出時刻を過ぎても陽の光は現われず。西野川の上流まで散歩し空撮を行なう。緑の中に紅葉したような木が見える。冬の間鹿に樹皮を食べられ枯れた松の木である。ウンランを撮る。

花と虫の組み合わせ
写真を天空に貼る

(空撮 2022・7・14)

日の出後に　カメラ捕らえる　花と虫

　　雲が邪魔をし円形の日の出にならない。日の出後の散歩では花と虫にカメラを向ける。モウズイカの花の周りを蜂が飛ぶ。ホザキナナカマドの葉にメバエ、ノラニンジンの花にマダラナガカメムシ、ハタザオキキョウにクマケムシが取りついている。

早朝で人影のない
空から見た公園と街並み

（空撮）2021・8・23

穂が光る　猫じゃらし撮る　散歩道

　日の出は見られず、熊目撃情報から離れた西野
西公園を散歩道に選ぶ。山道でアカゲラやオオウ
バユリの実を撮った後、開けた場所で空撮。その
後帰り道でエノコログサやスズメを撮る。エノコロ
グサは猫じゃらしと呼ばれていて穂が光って写る。

中の川の清流を遡る
サクラマスを追っかけ撮影

（空撮2022・9・23）

秋分や　追っかけ撮影　サクラマス

　　秋分の日で祝日。朝雨の降る前に庭で空撮後散歩に出掛ける。中の川でサクラマスの追っかけ撮影。川の中の魚影を撮るのが難しい。産卵を終えればホッチャレになり流されていく運命が待っている。梅花藻の花が未だ咲いている。日の丸を見る。

朝日で紅葉の紅さが増して写る空撮景観

（空撮 2022・10・30）

朝日染め　木々の赤さや　見惚れたり

　朝から時々雨の不安定な天気。晴れ間を見て庭で空撮。朝日で近くの山の紅葉がより赤く写る。散歩に行かなかったので庭の紅葉した楓や夏椿を撮る。菊は未だ咲いている。桜も紅葉で枯葉が道路に散っている。ツルウメモドキの枝にスズメが止まる。

冬の到来を待つ葉が
落ちた木に残る赤い実

(空撮 2021・11・17)

初雪の　降りてよさそな　寒き朝

　日の出の見られない朝となる。朝食後寒い中を散歩に出掛け、中の川でカモの番を撮る。中の川を離れ西野西公園の小山に登る。散策路に新しい看板が立てられ、公園利用に関するアンケートの協力要請である。帰宅してから陽が出たので庭で空撮。

人力に除雪機も
加わっての大雪の後始末

(空撮 2022・12・18)

大雪や　人駆り出され　除雪かな

　朝起きると大雪である。夜中に除雪車が残した雪が自宅前にあり、これをママさんダンプで庭まで運ぶ。いつもの冬の仕事である。小型除雪機を使う近所の人が除雪を手伝ってくれる。除雪後郵便ポストまで行く途中で除雪をしている人の写真を撮る。

日課となった
空撮と野鳥撮影

(空撮2021・2・26)

今日も又　空撮野鳥撮り　日課終え

　庭で空撮を行い、空撮写真の天空部分に庭で撮った野鳥を貼りつける作業が日課のようになっている。これをしなければ1日が終わらない気分である。今朝の日の出間もない空撮写真に貼り込んだ野鳥はシメ、ツグミ、カワラヒワそしてヤマガラである。

庭に飛来する番（つがい）らしい
アカゲラ

（空撮 2021・3・29）

積雪（ゆき）消えて　野鳥（とり）も控えて　春モード

　ドローンで100m上空から空撮を行なうと、住宅街の積雪がほとんど無くなっているのが分かる。庭にアカゲラが2羽来て桜の木の幹に止まる。番のようである。アカゲラが餌台から種を嘴で摘まみ出すところを撮る。シメは下腹に卵を孕んで見える。

日の出の光で赤く染まった緑が戻る前の森

(空撮 2021・4・9)

春先に　山に紅葉　雪予報

雲と地平線の隙間に陽が昇ってくる。朝日が枯木の山を染める一瞬の時間、紅葉より赤くなった山を空撮する。シジュウカラとヒタキの仲間と思われる野鳥も撮影。雪予報は外れ、晴れてきたので庭のカタクリやドイツトウヒの松ぼっくりを撮る。

撮影も同定も難しい
野鳥に出遭う朝

(空撮 2022・5・2)

ムシクイや 今朝の新顔 撮るに難

　早朝散歩は目的が三つある。加齢で弱った筋肉を少しでも現状維持するために歩く。空撮を行なって日々の記録にする。ブログ書きのため野鳥や山野草を撮る。今日の野鳥の新顔は長く尖った嘴に目のところに白い眉斑がありセンダイムシクイのようだ。

メジロと同定に疑問符の
ヒタキが鳥果の早朝探鳥

(空撮 2021・5・6)

明けの三日月　メジロにヒタキ　今朝鳥果

早朝、薄暗いうちにサクランボ山に向かう。日の
出の空撮と野鳥撮影のためである。途中天空の三
日月を撮る。日の出時の空撮パノラマ写真で三角山
上空に月がかすかに写る。ヒタキらしい野鳥を撮る。
弾丸のように飛び出したメジロも偶然写る。

ドラミング音を頼りに
見つけるアカゲラ

(空撮 2021・5・26)

木を突く　音を頼りに　鳥探し

　日の出前の空が赤くなる。しかし見事な朝焼けにはならず、空撮を行なっても暗い市街地が写るだけである。空撮後森の道を散歩。野鳥の姿を捉えられず、かろうじてアカゲラが撮れた。マムシグサ、タンポポの花後、クルマバソウを写真に収める。

雨粒の残る花弁や葉を
撮影した月末の朝

（空撮 2021・5・31）

曇り空　コロナ禍五月　過ぎにけり

　　曇り空の朝で時折雨がぱらつく。山道を敬遠して家の近くを歩く。野鳥の声もせず姿も見えない。道端や庭でオオハナウド、菜の花、アマドコロ、フウロソウなどを撮り、庭で撮影した空撮写真に貼り込む。今日でコロナ禍の5月も終わりである。

遠くてピントの合わない
カケス撮り

(空撮 2021・11・18)

遠くから　重きカメラで　カケス追う

　　散歩道でカケスを見つけて何枚か撮る。遠くの
せいもあってか焦点が合わない。近くの枝のシジュ
ウカラやスズメには焦点が合う。カケスを撮った近
くで空撮を行なう。空から見ると枯れ木の林にカラ
マツの黄葉が残って見える。そろそろ初雪だろう。

瓜二つの野鳥同定は新聞記事の縁でハシブトガラとする

（空撮 2021・11・23）

雪降りや　カラ類遭わず　落ち葉山道（みち）

　　朝から雪で日の出時刻の晴れ間に庭で空撮。今朝の道新別刷にハシブトガラの解説が載っていてコガラと瓜二つとある。見分けはほとんどつかないようなので、4日前に撮った野鳥はハシブトガラにする。雪の降る中、近くの山道を散歩する。

家壁の木彫りの鳥に
心当たり無く少し気になる

（空撮 2021・12・6）

家壁に 名の無き鳥を 見つけたり

　天気の良い朝を迎える。日の出時に庭でドローンを飛ばす。しっかりと目視飛行であるけれど、120mの高度になると機体が見えない。ポストでCFの返礼品を投函してから西野西公園を回って帰宅。ゴジュウカラやカモと家壁の木彫りの鳥を撮る。

西野市民の森で
撮影したエゾライチョウ

(空撮 2022・6・5)

テレビ視て　エゾライチョウは　忍者なり

　ほぼ毎週 NHK の「ダーウィンがきた」を視ている。今夕は「エゾライチョウ」がテーマだった。西野市民の森でこの鳥を撮影する。その写真を爪句集、オリジナル切手、レーザー彫刻等に利用していて興味深く視た。雪中で眠るとは驚きである。

鳥果に加えたお目当ての
チゴハヤブサ

(2020・7・13)

モズ、ホオジロ　チゴハヤブサと　鳥果かな

　　雨模様の天気なのに傘も持たずに散歩に出掛ける。西野川の源流付近で期待したチゴハヤブサを見つけて撮る。カメラのズームを目いっぱいに望遠にするとフォーカスが合わない。ホオジロ、モズなどもどうにか撮る。ドローンを飛ばし空撮を行なう。

空撮パノラマ写真で辛うじて確認する
チゴハヤブサの鳥影

(空撮 2020・7・15)

空撮の　拡大写真　野鳥見つけ

　チゴハヤブサの止まっている枯れ木を写し込んだ全球空撮パノラマ写真で鳥影を確認するのは困難である。そこでパノラマ写真に合成する前の写真データから切り出した鳥影写真を天空に貼りつけてみる。確認で、地上で撮った望遠写真も貼り付ける。

観察経験不足で
同定できない野鳥の撮影

(空撮 2022・7・27)

図鑑見て　同定できず　今朝鳥果

日の出を望遠と空撮で撮影するのは忙しい。ベランダから望遠で日の出を撮影後、すぐに庭に出てドローンを飛ばし空撮を行なう。日の出をきれいに撮れる時間は短い。空撮後サクランボ山で野鳥を撮る。ヒタキかセンニュウの仲間らしいが同定できず。

サクランボの木がありサクランボ山と呼んだ探鳥の場所

（空撮2022・7・28）

枯れ枝や　メジロ飛び来る　夏の朝

　　野鳥撮りには開けた場所の枯木が都合が良い。サクランボ山にアスファルトの広場が出来、残された枯木が野鳥の通り道に位置している。今朝はメジロが飛んできて止まるのを撮る。アカゲラも姿を現す。道々ハナアブの仲間やヘラオオバコを撮る。

チゴハヤブサが
お目当ての探鳥散歩

（空撮 2021・8・30）

チゴハヤブサ　追っかけで歩く　5千余歩

　早朝散歩はチゴハヤブサの追っかけ。今朝も高い枝に止まっているところを撮る。空撮も同時に行なおうとしてドローンをリュックに入れ忘れたのに気がつく。スマホで歩いた距離を確かめると5千歩を超す。自宅から往復のこの距離で猛禽類に遭える。

探鳥散歩で秋を感じさせる草花の撮影

(空撮 2022・9・4)

ツグミ撮り　秋の足音　耳にする

　朝の散歩時にツグミを見る。ツグミは冬鳥あるいは旅鳥だそうでこの時期見かけるのは移動中の個体なのだろうか。秋に入って南下する旅鳥が札幌にも現れたのか。草むらの小さな翅虫は同定できず。野菊やヒヨドリバナを撮って秋の足音を聞く。

散歩時に多種類の野鳥撮影が出来た珍しい機会

(空撮 2021・10・11)

雨上がり　野鳥集まり　大鳥果

　朝は雨。昼近くに雨が上がったので自宅近くを散歩。散歩道で空撮を行なう。空撮を行なっている場所で野鳥が飛び回っている。それも多種類で珍しい。シジュウカラ、ヤマガラ、アカゲラ、コゲラでゴジュウカラも見かけたけれどこれは撮影に失敗。

防寒に気を配る季節に入った早朝撮影

(空撮 2022·10·26)

撮影や　手袋忘れ　かじかむ手

　　早朝散歩に手袋を忘れカメラを持つ手がかじかむ。散歩道の小高いところで日の出を待って空撮。日の出時刻は６時台に戻っている。空撮後野鳥を見つけて撮る。ハシブトガラも交じっている。帰り道でクルミを咥えたリスを撮るが流れ画像になる。

ガラス戸に衝突死の
スズメを撮り庭に埋める

(空撮 2022・10・27)

リスを撮り　カケスを撮りて　スズメ死ぬ

散歩道で日の出を待って空撮。リスが早朝から走り回ってクルミ集め。カケスを見かけたので撮ってみるがピント甘の写真になる。帰宅して朝食後、声が掛かって玄関フードのガラス戸に衝突したスズメが死んでいるのを見つける。撮影後庭に埋める。

春の使者の辛夷の花と
エゾエンゴサク

(空撮 2022・4・22)

足元に　エゾエンゴサク　春侵攻

　　曇り空で日の出は見られず朝の散歩は朝食後にする。果樹園の雪が残っている場所で空撮。空撮写真に辛夷の白い花が写る。西野市民の森の散策路で今年初めてのエゾエンゴサクを見つける。アカゲラや春に姿を現すツグミを撮り春の足音を聞く。

暦の上の立夏に
撮影する春の花と野鳥

(空撮 2022・5・5)

山道に　ヒトリシズカや　立夏かな

　朝食前に西野市民の森を一巡りする。野鳥を狙うがシャッターチャンスを逃す。どうにかシジュウカラが撮れる。ヒトリシズカは今年初めて目にする。エゾエンゴサクとナニワズが並んでいるのを撮る。ヒヤシンスと思われる花があり予想外である。

X　花

下を向くクロユリと
上を向くスカシユリ

（空撮2022・5・24）

白濁の　空にクロユリ　スカシユリ

　　霧の朝で寒い。庭で低い高度にドローンを上げ空撮すると中間景から景色が白濁して写る。庭のブルーベリーの白い花が密集して咲いている。近所の家の庭に咲くクロユリに細かな水滴がついている。スカシユリも鉢で大咲だ。キジバトが暗く写る。

白い花から赤い実に
変わる野イチゴの花

（空撮 2022・6・6）

　　赤き実に　変身前の　白き花

　庭で日の出を空撮後散歩に出掛ける。野鳥の撮影は期待できず足元の山野草や木花を撮る。ツリバナはフラッシュ撮影のせいかピンクが強調されて写る。白い野イチゴの花、シャクを撮る。ルピナスの花から花へと蜜を求めて蜂が飛び回っている。

小天体（天球）表示に
した景観と庭の花

(空撮 2022・6・28)

天空に　天球表示で　庭の花

　日の出時刻になっても陽が現われない朝、庭で空撮。その後散歩に出掛けるけれどこれはといった被写体に出遭わず。帰宅して庭に咲く花を撮り天空に貼りつける。空撮パノラマ写真の表示で天球表示に変えた画像が面白いのでブログ写真にする。

X　花

咲いても実にならない
花もある野菜花

(空撮 2021・7・3)

実に成らぬ　野菜花あり　写真撮る

　日の出前の空が赤い。庭でドローンを飛ばし朝焼け空の景観を空撮する。庭に咲いているズッキーニ、カボチャ、えんどう豆の花、バラを撮って空撮写真の天空部分に貼りつける。カボチャは葉の大部分を鹿に食べられ、花だけが頑張って咲いている。

X　花

頭上にノリウツギ足元にオオウバユリ、ヒヨドリバナが咲く公園

(空撮 2021・7・18)

早朝公園　頭上と足下　夏の花

　　今日も真夏日予想で、早朝の涼しいうちに散歩する。宮丘公園をコースに選ぶ。陽が昇ってくるのを見て中の川沿いの道で空撮。オオウバユリが咲く季節になっている。ノリウツギの木花が綻び出しヒヨドリバナも目につく。赤い実はニワトコだ。

X 花

小雨の中での
散歩中に撮る季節花

(空撮 2022·8·31)

傘を差し　花々を撮る　小雨朝

時々小雨の中を傘を差して散歩に出掛ける。道
端のアジサイの花が緑色に変化している。白いア
ジサイから色変わりである。西野川に沿った歩道の
コスモスが花盛りを迎えている。ガウラの花が道に
迫り出して来た。歩道にペチュニアが咲いている。

X　花

実りが目につく
西野市民の森の散策路

（空撮 2021・9・27）

ツチアケビ　目にすれば秋　ひたひたと

　　早朝散歩の途中で日の出の空撮を行う。今朝は久しぶりに西野市民の森の251峰を通って北側の散策路を一周する。アカゲラを見つけるが上手く撮れず。ツチアケビは今年初めて目にする。サラシナショウマ、フッキソウの白い実、栗などを撮る。

X　花

シモバシラの
枯れ茎に咲く霜の花

(空撮2022・12・8)

積雪の　隙間に見えて　霜の花

　庭のシモバシラの枯れ茎が雪に埋まっている。根本の積雪の隙間に茎を破って出来た霜の花が見える。夏椿の枯れた実に雪が乗っている。この実は野鳥の餌になる。木の枝の所々に雪だまが付き、雪の花が咲いたようだ。雪の坂を下る家人の姿がある。

どんな動物や野鳥に遭えるか期待しての早朝散歩

(空撮2021・5・14)

期待して　花鳥と鹿に　出遭いたり

　　今日はどんな被写体と遭遇するかと期待して早朝の散歩に出掛ける。日の出に間に合い空撮を行なう。鹿の親仔を遠くから眺めて撮る。高い木の先の方に居た野鳥はアオジのようだ。アカゲラは近くで撮影。ルイヨウボタンが1輪だけ咲いていた。

「山岳マラソン大会」の看板のある森の道

（空撮 2021・5・16）

山道を人走り　木をリス走る

　新聞の天気予報欄には雨マークが並ぶ。朝の散歩はポストにハガキを出すのを兼ねて西野西公園まで足を延ばし、公園の縁で空撮。山岳マラソン大会の立看を目にする。リスが木の上を走っているのを撮る。足元にムラサキケマンが咲いている。

猛威をふるうコロナ禍に無縁の鳥獣世界

（空撮 2021・5・22）

コロナ禍や　鳥獣世界　無縁かな

朝食前の早朝散歩の途中で空撮を行なう。鹿の親仔が散歩道でこちらを窺っている。キツネの親仔にも出遭う。野鳥はアカゲラを撮る。帰宅して朝刊を見ると第１面に「道内感染最多727人」の見出しのトップ記事が目を射る。感染爆発が起きている。

流れ画像量産の
動きの速いリス撮影

(空撮 2021・5・27)

鳥果なく　探鳥散歩　リスを撮る

　庭で日の出空撮。空撮後久しぶりに宮丘公園に早朝散歩に出掛ける。探鳥散歩も兼ねていて道端のキジバトを撮る。しかし、その後は鳥影を目にせず。リスが何匹か居て散策路や樹上を跳び回っているのでこれを撮る。動きが速いと流れ画像になる。

自然と隣り合わせの大都会を証明する散歩道の鹿の群れ

(空撮 2021・6・17)

大都会　隣り合わせの　大自然

住宅地の道路を鹿が歩いている。森が住宅地に迫っているので、鹿の出没は驚くに当たらない。それにしてもここは大都会札幌で、渋滞がなければ札幌駅まで車で 30 分で行ける。キツネは日常的に見かける。時たま熊の出没情報もあり恐ろしい。

何を捕食しているか
気になる痩せキツネ

(空揚 2021・6・29)

痩せキツネ　今朝も散歩で　出遭いたり

　最近早朝散歩で出遭うのはキツネである。この辺りのキツネは何を捕食しているのだろうか。食べ物が十分でないせいか痩せている。野生動物は1に食べ物、2、3も食べ物である。以前に見かけたリスの姿が消え、リスも餌食になったのだろうか。

キツネの欠伸が
撮影できた早朝散歩

(空撮 2021・7・28)

早起きの　キツネの欠伸（あくび）　クズの花

> 　今朝も早朝の涼しいうちに散歩で、途中日の出を空撮する。キツネが道端に座っていて大きな欠伸をする。草丈の低いヒマワリの花が咲いている。クズの花が垂れ下がっているのを見つけて撮る。長いこと雨が無く、刈られた雑草の枯葉色の道を歩く。

キツネの撮影場所でドローンを飛ばして行なう空撮

(空撮 2020・8・4)

空撮や　キツネの消えた　森を撮り

　　曇り空の朝、西野川の源流近くまで散歩する。キツネを見かけて撮る。毛並みの良さそうなキツネである。撮影場所でドローンを飛ばし空撮を行なう。帰り道でナナカマドに止まっているスズメを撮る。ナナカマドの実が大きくなり色づいている。

リスの敏捷さと比べる
己が身の鈍歩き

(空撮 2022・10・18)

鈍歩き　駆けるリス見て　羨まし

　日の出を遮る雲を見ながら朝の散歩に出掛ける。近年急速に脚の筋力が衰え始めてきて、体力も弱り少しの坂も喘いでのろのろ歩いている。身体の老化を感じる。一方リスはクルミの実を咥えて駆けて跳び回っている。見ていてその脚力が羨ましい。

クルミを抱くリスと二重写しになるカメラを抱く自分

(空撮 2022・10・19)

リス、クルミ　我カメラ抱き　朝一時(いっとき)

　朝の陽は雲の中で天使の梯子が現われている。今朝も散歩途中でリスの撮影三昧である。昨日道新のクラウドファンディング find-h で爪句集第51集の出版と寄贈プロジェクトが公開された。公開まで予想外の時間がかかったが早速支援があった。

初日の出がわずかに見える
曇り空に貼りつける年賀状

(空撮 2021・1・1)

ドローン上げ　わずかに見えて　初日の出

　雪雲の曇り空が広がり初日の出は期待できない。庭でドローンを上げて明るくなっている南東方向の日の出の空を写すとわずかに初日の出が見える。日の出もすぐに雪雲で隠されて一瞬といってよい初日の出拝みである。天空に年賀状を貼りつける。

日の出空撮後に行なう
NHKラジオ体操

(空撮 2023・2・21)

体操をする部屋に差し　朝日かな

　久しぶりに形のはっきりした日の出を空撮する。日の出時刻は NHK の朝のラジオ体操の前になっている。空撮後間に合ったので体操をする。体操をし朝食を摂る室内に朝日が差し込んでくる。気温は低いが、もうすぐ春が来るという感じの朝日である。

撮影禁止区域を確認する
ソフトの撮影地表示の位置ずれ

(空撮 2023・3・30)

昇る陽と　競いて撮るや　日の出かな

　日の出時刻が早まり家から離れた空撮場所に行くには5時前には家を出る。今朝は西野8条9丁目の山野で日の出を待つ。陽がみるみるうちに円形になってくる。スマホのソフトで飛行禁止区域を確かめると青丸表示で、赤丸の撮影地とかなりずれる。

撮影禁止区域を抜けるまで
自転車を走らせて撮る日の出

（空撮 2022・4・30）

日の出撮る　卯月の末や　寒かりし

　朝４時に家を出て琴似発寒川の上流を目指して自転車を漕ぐ。ダウンに手袋でも寒い。バスの最終停留場を過ぎ、左岸の街が途切れ橋の所で日の出を空撮。きれいな日の出にはならず。帰宅時には太陽は高くなっていて自宅横のソメイヨシノを撮る。

桜の季節に紅葉のように
見える日の出時の山の木々

(空撮 2021：5：2)

パソコンで　午後に又見る　日の出かな

　日の出時に空撮した全球パノラマ写真データを午後になって処理する。天空部分に別撮りの望遠写真を貼りつけたりするとかなり時間がかかる。自宅の周囲の桜が満開で、天と地で観賞できるようにする。札幌のコロナ感染者数が過去最高との報道。

日の出時刻に連動して
早まる起床時間

（空撮 2022・6・7）

初夏に入り　日の出早まり　3時台

　日の出は3時台に入っている。散歩と日の出空撮を兼ねて行なおうとしていて、起床後は慌ただしい。空撮写真に貼り込む写真を散歩中に撮影する。これといった被写体がない中、黒実になったエンレイソウ、野ばら、コンフリー、クサノオウを撮る。

雨になる前の日の出時の朝焼け空

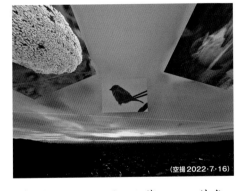

(空撮 2022・7・16)

朝焼けや　スズメも染めて　茜色

　朝焼け空でも雲があり綺麗な日の出にならず。ベランダの上の引き込み線にスズメが止まっている。空撮後近くを散歩してスズメを撮る。ノラニンジンの花に虫を擬態した黒い部分が見える。庭のスイカに小さな実が生っている。この後雨になる。

三角山山頂で日の出を狙って行なった空撮

(空撮 2022·8·11)

山頂で　ご来光撮る　忙しき

三角山山頂での日の出撮影時はともかく忙しい。昇る太陽を望遠で撮影する。続いてドローンを飛ばして空撮を行なう。地面近くでドローンをホバリングさせ日の出の景観と重ねて撮る。空撮終了後、下山時にヤマアジサイやハエドクソウを撮影する。

目を惹くような被写体を撮影できずに書くブログ記事

（空撮 2022・9・11）

平凡な　ブログを書きて　白湯（さゆ）を飲む

今朝も快晴、日の出を空撮と望遠で撮る。その後散歩に出掛ける。かなり寒く感じる。散歩中に野鳥を期待してもそう都合良くいかない。鹿の鳴き声を耳にするけれど姿は見えない。キジバト、ヒョウモンチョウ、ヨウシュヤマゴボウの実を撮る。

日の出の空撮後
リスの追っかけの日々

(空撮 2022・10・21)

日の出時や　リスの追っかけ　日課かな

　体力が落ちるのに抗おうと毎朝散歩する。ただ歩くだけなら続かないのでカメラを抱えて早朝の諸々を写す。最近は散歩道でリスを撮るのが多くなった。リスは冬支度のためせっせとクルミの実を隠し場所に運んでいて、これをカメラで追いかける。

日の出を撮りに行く道にある霜の降りた落ち葉

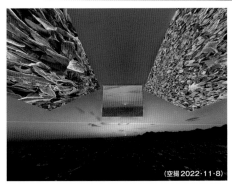

(空撮 2022・11・8)

立冬過ぎ 霜月の霜 撮りてみる

　日の出撮影のため家を出ると寒い。昨日は立冬で寒くても不思議でない。日の出の太陽は雲で輪郭がきれいに写らない。野鳥もリスや鹿にも出遭わない朝である。帰宅時に庭を歩くと草に霜が降りている。霜で白くなった枯葉が季節感を出している。

三角山の山裾に
移っている日の出位置

(空撮 2021・12・11)

穏やかな　日の出を撮りて　師走かな

　　穏やかな土曜日。ポストに郵便物を投函するの
と散歩を兼ねる。中の川のカモを撮る。よく見ると
3羽いる。スズメがイチイの木をアパート代わりに
している。贈られたコチョウランも萎れずにある。
平凡な写真に変化を持たせるため細工をする。

クレーターの見える月と日の出の対比の面白さ

(空撮 2020・3・14)

日の出時や　拡大月に　クレーター

　裏山で日の出時刻に空撮。東に昇る陽、西に月が空撮パノラマ写真に写る。しかし、太陽も月も全球パノラマ写真では見えるか見えないかぐらいの大きさである。月の拡大写真を撮り空撮パノラマ写真の天空部分に貼りつけるとクレーターが見える。

飽きずに撮る夜空に
繰り広げられる天体ショー

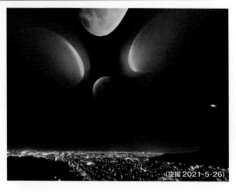

(空撮 2021・5・26)

大都会　欠け行く月や　天体ショー

　皆既月食が夜空にある頃の空撮を行なっても、暗い月は夜景には写ってこない。月食が終わりかけて月が空に認められる頃庭で空撮を行う。欠け行く月が皆既月食となり赤黒い姿に変化し、月食が終わって明るい月に戻る様子を大都会の夜景に貼る。

準備不足では空撮が
難しい朝焼け空

(空撮 2021・8・3)

真夏日を　もたらす陽出で　涼の逃げ

東空が赤いのでカメラとドローンを持って自宅前の坂道を登っていく。坂の上でドローンを飛ばす頃には空の色は薄れている。空撮後少ししてから日の出が始まったのでズームを望遠にして撮る。空撮写真に変化していく日の出写真を貼りつける。

望遠で撮影した幻想的日の出も
パノラマ写真では並みの景観

(空撮 2021・8・20)

幻想の　日の出空撮　並み景観

　日の出近くに家を出る。昇ってくる朝日が幻想的である。この光景を空撮しようとしたのだが、ドローンの飛行に手間取り時間をロスる。その結果望遠で撮った日の出とは違った写真となる。道路を歩くキツネ、シャクガの仲間、イタドリを撮り貼りつける。

日の出が撮れず昨夕の満月を昇る陽に代える

(空撮 2021・8・22)

昨夕の　満月貼りて　朝日(ひ)に代える

日の出時刻は5時になっていてこの時間に庭で空撮を試みる。昇る陽は雲に遮られ撮影できず。代わりに昨夕撮影した満月の写真を貼りつける。その後宮丘公園まで歩く。公園内は熊出没注意の看板があり閉鎖中。道々コガネムシやキジバトを撮る。

ベランダで見る
モエレ沼公園の花火大会

(空撮 2021・9・5)

花火夜 一夜が過ぎて 日の出かな
<small>はなびよる</small>

　　昨夕陽が落ちてから激しい雨。それが止んだ頃
遠くから花火を打ち上げる音が聞こえる。2階のベ
ランダに出て東の方向を見ると花火が次々と打ち上
げられている。モエレ沼公園で行なわれている花火
大会らしい。コロナ禍で無観客で行なわれたようだ。

大都会の夜空に昇ってくる満月に近づいた月

(空撮 2021・9・20)

横縞の　衣纏いて　彼岸月

ほぼ満月の月が東の空から昇ってくる。空は未だ薄明るいけれど街の灯が灯り始めた。庭で空撮を行なう。空撮開始の頃は全体が輝いていた月が上空の雲の中に入っていく。月の光で筋状の雲が見えて、これをズームで拡大して撮り、天空に貼りつける。

肉眼では見る事が出来なかった
レナード彗星

(空撮 2021・12・10)

彗星を　見つけられずに　夜明けかな

　昨日の道新夕刊にレナード彗星の写真が掲載されて、札幌の明け方の空でも見えるかと5時台の星空を見上げる。知識不足で天空のどの辺りか見当もつかず、肉眼では無理だった。彗星の記事と並んでZOZOの創業者前沢氏のISS到達の記事がある。

ホバリング状態のドローンを
野鳥に見立てて撮影

（空撮 2020・4・9）

天空の　野鳥（とり）に見立てて　ドローンかな

　朝はすぐ解けてしまう雪が降る。雪が止んだので散歩道の脇の空き地で空撮を行なう。道に沿ってある立木に鳥影を求めるけれど期待通りに見つからない。野鳥の代わりに地面近くでドローンをホバリングさせ撮った写真を空撮パノラマ写真に貼りつける。

初めてのマイナンバーカード
利用のハードルの高さ

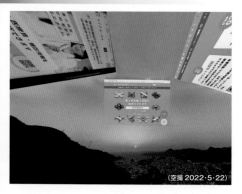

(空撮 2022・5・22)

機登録　ハードル高く　ドローンかな

　６月からドローンは機体登録が義務化される。紙の書類で事前登録を行なったけれど何の応答も無い。仕方がないのでネット登録を試みる。マイナンバーカードで本人確認処理を行なうけれど初心者にはハードルが高い。ドローン２機分の登録が出来た。

西野市民の森散策路で
ドローンを飛ばしての空撮

（空撮 2022・6・14）

繁る木々　避けて飛行の　難しき

　早朝散歩は西野市民の森の散策路で 251 峰の標
示板の所でドローンを飛ばし空撮を行なう。その後
散策路を歩きぬかるみのところで熊と鹿の足跡を
見つける。熊の足の爪らしき跡も残っている。ウツ
ギの白い花が散って道路の一部が白くなっている。

実現していないドローンを
自転車に積んでの空撮チャリ旅

（空撮 2022・6・18）

ドローン負い　空撮チャリ旅　思案かな

　　空撮旅行ではドローン等をコンパクトにまとめたいので機体（Mini 2）、送信機（プロポ）、スマホで飛行させる練習で、今朝の日の出を撮る。空撮後西野市民の森を散歩していてマウンテンバイクのグループと行き違う。自転車空撮旅行を考える。

参院選に合わせるように
購入したMini2ドローン

(空撮 2022・6・23)

参院選　公示日に買う　ドローンかな

　一昨日ドローンを庭に墜落させる。昨日ドローン・ショップに出向き修理を依頼する。修理に日数を要するようなので新しく DJI Mini2 を購入。新ルールで機体登録を行なう。リモート ID の入力も行なわねばならぬらしいけれど登録後 ID が届かない。

見事な朝焼けを撮影中の
ドローンを地上から撮影

(空撮 2020・7・7)

七夕や　天気崩れの　予兆撮る
（たなばた）

　暦では七夕の朝の朝焼けが見事で庭でドローンを飛ばし空撮。天気が崩れる前に朝焼けが多く見られる傾向で、天気予報でもこれから雨になる。この時間に野鳥撮影は困難で空中のドローンを撮り貼りつける。九州豪雨で125万人避難指示の報道。

風を侮ると仕返しの あるドローン飛行

(空撮 2022・9・14)

風ありて　機体落下で　肝冷やす

　　風のある朝でドローンを飛ばすのに躊躇する。毎日空撮を続けているので、惰性で飛ばして空撮を行なう。着陸時に自宅屋根に衝突させ地上に落下。機体には損傷がなくやれやれである。散歩時にオオハンゴンソウ、スイートピー、ナナカマドの実を撮る。

短時間で消えてしまう
朝焼けの空撮の難しさ

(空撮 2022・10・7)

朝焼けを　撮り損ないて　気の晴れず

　起床して窓の外を見ると朝焼けである。空撮しようと身繕いに焦る。庭に出てドローン飛行の準備をすると GPS 電波が弱く飛行に手間取る。そうこうするうちに朝焼けは消えてしまう。散歩道で消防車を望遠で撮る。動きの速いリスは上手く撮れず。

購入機種のテストで
室内で飛行させるmini2

(空撮 2021・12・15)

慎重に　購入機種の　初飛行

　ドローン mini 2を墜落紛失して新しい mini 2を注文し、それが届く。Spark と M 教授から借り受けた mini 2で3機態勢となる。室内で mini 2 2機を同時に飛行させる。庭での空撮は購入した mini 2によるもので、慎重に曇り空で飛行させる。

風が強く着地に
失敗したドローン

(空撮 2021・12.22)

風強く　ドローン墜落　冬至かな

　冬至の日の出を庭で空撮。日の出時刻は昨日の夕刊に7時03分とある。三角山の裾野辺りから陽が昇るので日の出時刻はさらに遅くなる。風が強くドローンは着陸間際に雪中に墜落。叙勲に関連しバラの花が届き写真コンテスト入賞盾と並べて撮る。

講演中の鈴木直道北海道知事の
パノラマ写真撮影

（空撮 2022・6・16）

3代の　道知事写す　年の功

　3代の北海道知事のパノラマ写真を撮影している。堀達也氏（知事退任後）、高橋はるみ前知事、そして本日鈴木直道現知事である。鈴木知事はホテルでの朝食会で撮っている。鈴木知事の講演の様子を今朝の日の出時のパノラマ写真に貼りつける。

小雨となった
参院選投票日の朝

(空撮 2022・7・10)

投票や　朝は小雨の　参院選

　参議院投票日。空撮に大きな建物で写っている
西野第二小学校の投票所まで小雨の中歩いて行く。
帰宅して朝食。庭で葉を落としたナニワズの赤い
実を撮る。花菖蒲に雨粒が乗っている。キュウリ
が1本大きくなっていて、今夏は収穫3本目である。

高齢者の自動車事故を
戒めにしようと夫婦の会話

(空撮 2022・8・2)

言い交わす　安全運転　八十路かな

　道新朝刊に昨日起きた交通死亡事故と直後の多重衝突の記事が出る。事故を起こしたのは札幌市西区6-10の79歳の女性で、住所が同じで住所地図で探したが見つからず。妻とお互い運転には気をつけようと話す。ヒヨドリバナを名前で野鳥に代えて撮る。

庭の畑の作物の生育状況が気になる雨上がり

(空撮 2022・8・12)

何時採るか　スイカ見つめて　雨上がり

　昨夜かなりの雨で曇り空の広がる朝となる。庭に出て作物の状況を確かめる。思いがけず実をつけたスイカは存在感を誇示している。トマトはカラスに突かれないように紐を垂らすが効き目はどうか。キュウリの茎にブチヒゲカメムシが隠れている。

コロナ禍と高齢が阻む
マラソン競技の現地撮影

(空撮 2022・8・28)

コロナ禍や　マラソンよりも　野鳥撮り

　朝サクランボ山を散歩。サメビタキ、ゴジュウカラ、コゲラを撮る。帰宅して朝食後空撮。3年ぶりの北海道マラソンが8時半スタートでテレビ観戦。コロナ以前には会場まで足を運び写真を撮っていたが、コロナ禍と加齢で現地撮影の気力が失せた。

農地売却後も細々と農業を続ける農家からの貰い物

(空撮 2022・8・29)

売り物の　新鮮野菜　只貰い

　散歩の途中で天使の梯子を撮る。砂利道で蛾のクスサンを見る。顔見知りの吉田夫妻に出会い吉田宅の庭で空撮。吉田夫妻は農業を続けていて、もぎたてのトウキビやトマトを売っている。トウキビ等を只で貰う。ビニールハウス内の木花も撮る。

「敬老の日」近くに届く 予期しなかった商品券

(空撮 2022・9・16)

敬老を 祝われる齢 商品券

敬老の日が近くなって町内会から祝いの商品券を頂く。4月1日で満80歳で在宅で生活している高齢者に該当したので手渡された。我が家は該当者が2人で6千円分となる。次は85歳で次回も貰えそうな気もするけれど、自信のある予想ではない。

野菜販売の農家にあげている
自家製カレンダー

(空撮 2022・9・19)

トマトより　値段の張りて　暦かな

　敬老の日。大型の台風14号が九州上陸でその影響か曇り空の朝。散歩の途中で栗を拾う。道端にイヌサフランが咲いている。野菜売り台にトマトが置かれている。1袋200円。カレンダー出版のCFには9万5千円が集まっていて目標額に後一息である。

値上げの秋に急落する
ビットコインの相場

（空撮 2022・9・24）

値上げ秋　懐響き　資産減

　日の出の見られない朝、中の川でサクラマスを撮る。同じような魚影の写真が続くので変化の顕著なこの１年間のビットコインの相場の変動を表示。1BTC 740万円だったものが、最近は270万円台である。10月１日から医療費負担は２割に増える。

早朝の道庁の庭で撮影したヤマガラ

(空撮 2022・10・20)

都心部や　ヤマガラ撮りて　勉強会

　散歩道で日の出の空撮。いつものように走り回っているリスを撮る。ホテルでの朝食付き勉強会に出席する前に道庁の池で撮影。池面にビルが逆さまに映っている。野鳥が目に留まる。ヤマガラで、大都会の都心部でカラ類の野鳥とは予想外である。

春の到来の前触れである木々の根開け

(空撮 2022・3・30)

つぼ足で　根開けの傍を　歩きたり

　朝家の近くの山林を歩く。この時期になると雪が固まっていて、早朝、積雪表面が凍っている時間帯では、長靴のつぼ足で歩ける。林の木々の根元は根開けが進んでいる。雪が解けて地面が現れた所もある。自宅庭のソメイヨシノも根開けが大きい。

雪解け水の流れの
傍で見るネコノメソウ

(空撮 2022・4・25)

雪解けや　ネコノメソウを　撮りて行く

　西野市民の森散策路近くで日の出を待って空撮。空撮後今年になって初めて市民の森の散策路を歩く。野鳥の囀りを耳にしても写真に撮れず。雪解け水の流れの中にネコノメソウが咲いている。中の川の傍でヤチブキを撮る。ハトの群れ飛びを見る。

熊情報があると封鎖になる事のある宮丘公園

(空撮 2022・5・20)

今年また 振り回されて 熊情報

　日の出が見られないので陽が少し高くなって宮丘公園を散歩。公園の西野市民の森の入口の熊出没注意看板に入口から1.5Km付近にヒグマの痕跡の情報。2日前の日付けで散策路散歩は避ける。マイヅルソウ、クルマバナ（ウツボグサ？）を撮る。

緑の森が住宅地に
迫って見える空撮写真

(空撮 2022・6・23)

住む街に　森の緑塊　迫りたり

　天気予報では暑くなりそう。涼しい早朝に西野市民の森を散歩する。森の中でドローンを飛ばし空撮。緑が濃くなった。散歩途中見かけた江差草やトキソウ、ノリウツギ、色付いてきたヤマボウシ、庭で咲き出した夏椿の花を撮り空撮写真に貼る。

散歩中に撮影した蛾を
シャクガの仲間と同定する

(空撮 2021・7・10)

散歩撮　蛾の同定や　シャクガかな

　　最近は見事な朝焼けが見られない。空撮を行なった今朝の朝焼けも申し訳程度。空撮後散歩。家のガラス戸に朝日が反射している。モウズイカやノラニンジンの花が目につく。蛾を撮り図鑑で調べるとオオシロオビアオシャクガの写真がヒットする。

真夏日を約束する日の
早朝散歩

(空撮 2021・7・31)

7月は　今日で終わりと　早朝散歩

真夏日を約束する空で、日の出前に庭で空撮。その後宮丘公園を一回りする早朝散歩。日の出の太陽をカメラで拡大してみる。大きくなってきた野イチゴの実やハムシらしい虫を撮る。翅に目玉の模様のある蝶はクロヒカゲである。7月が終わる。

ペット用服を着こなした散歩猫

(空撮 2022・8・22)

我よりも　身だしなみ良く　散歩猫

　　今朝は早朝散歩で散歩猫に出遭う。猫が人に連れられて外を散歩するとは珍しい。カラスが赤い口を開けて威嚇の鳴き声。「新鮮野菜」の幟が出ていて採れ立てのトマトなんかが並んでいる。ひんやりとした朝で、ナナカマドの実が赤く色づいて来た。

エリザベス女王の訃報に接して早朝散歩

(空撮 2022・9・9)

英女王　訃報頭に　花を撮る

　近所にサツキの盆栽が趣味の人がいて今朝は庭先に苔のある一鉢を出している。サワギキョウの赤い花が見える。近くの道路脇にナツズイセンを見つける。葉が無く茎に花だけが付いている。山道でヌスビトハギの実を撮る。蜘蛛の巣が朝日に輝く。

当たり年といってもよい
今年(2021年)の紅葉

(空撮 2021・10・25)

紅葉は　当たり年かな　フォト記録

　　散歩道で日の出を空撮。山が朝日と紅葉で赤く
色づいている。午前中、歯科医院からの帰り道宮
丘公園を通る。園内の紅葉が見事で所々で撮影す
る。リスやシジュウカラも撮る。当たり年の紅葉の
写真を日の出の空撮写真の天空部分に貼り込む。

雪面に描く札幌市西区の
環境キャラクター「さんかくやまべェ」

(空撮 2021・12・29)

雪面に　さんかくやまべェ　福笑い

　　今冬初めてスノーシューを履いて山道散歩。獣の足跡しかない雪面に「さんかくやまべェ」の絵をスノーシューの跡で描いてみる。結果を空からドローンで撮ってみる。顔のパーツが揃っておらずまるで福笑いの絵である。少しの散歩でも疲れる。

特注した北海道功労賞記念品の
シマフクロウの銀の羽

(空撮2022・4・1)

記念品　処分考え　銀の羽

　銀製品のタイピン・胸飾りが何個か出てくる。北海道功労賞を2013年に頂き関係者に贈った記念品で、札幌大学の本田優子副学長がアイヌ工芸家に依頼し作ってもらったものである。功労賞で貰ったタペストリーは作家名も作品名も無く眠っている。

天井に貼りつけた秋元札幌市長が3選を果たす

（空撮 2023・4・10）

天井で　スピーチする人　市長かな

　昨日の札幌市長選で秋元市長が当選し3期目に入る。同市長が2期目の時、著者の瑞宝中綬章叙勲祝賀会でスピーチをして頂いた。記念テレカの札幌テクノパーク関連事業の頃から知っているけれど市長就任後は顔を会わせる事が少なくなった。

講演会の冒頭ドローンを飛ばし記録写真撮影

（空撮 2022・4・21）

空撮で　記録するかな　講演会

　　無名会の例会で講師を頼まれ講演の冒頭で会場でドローンを飛ばし空撮を行なう。無名会のロゴ入り2022年用カレンダーを配った昨年の11月にも同様な空撮写真を撮っている。資料として爪句集第50集を配り、会終了後書店に出向き書棚のものを撮る。

コロナ禍を忘れようと
森の上空での空撮

（空撮 2021・5・10）

コロナ禍の　五月新緑　気を晴らし

　新聞に連日最多のコロナ感染者の見出し報道で、札幌では327人を数える。連日この類の報道に接すると用事を作って街に出る気力は薄れる。近くの山に出向きドローンを飛ばし空撮を行なう。ドローン下150mのところにサクランボの白い花が写る。

勉強会以来注視している
ビットコイン相場の大暴落

(空撮 2022・6・17)

ビットコイン　先行き見えず　今日の空

　　ビットコインが大暴落だ。1年のスパンで相場を見ると昨年の11月に1BTCが755万円だったものが今日は271万円まで下がっている。2017年3月にビットコインの勉強を行なっていた頃ビール代を0.08BTCで支払った。スマホ財布に5USドルが残る。

五輪競技撮影の代わりに撮る
ノラニンジンとカワラヒワ

(空撮 2021·8·5)

真夏日の　五輪やいかに　撮り自粛

　早朝散歩で中の川の近くで日の出前の空撮。朝焼けも輪郭のはっきりした日の出も見られず。道端のノラニンジン、ヒルガオを撮る。電線にカワラヒワが止まっている。今日から東京五輪の競歩が札幌駅前通りで始まる。道路からの撮影は自粛要請。

2社からのクラウドファンディング
公開後に気付く矛盾

(空撮 2021・9・2)

高齢化 公開ページ 矛盾あり

　満80歳の誕生日を記念してクラウドファンディング2社からプロジェクトを公開した。プロジェクトが公開されてから確認すると、見出しと日程の詳細が異なっているのに気が付く。高齢化による注意が行き届かないのが証明されたみたいである。

オリパラの賛否は今朝の
雲に隠れた日の出の如し

（空撮 2021・9・6）

オリパラの　賛否は今朝の　日の出かな

　日の出の太陽は雲に隠れて庭での空撮写真には
写らない。昨夜はパラリンピックの閉会式をテレビ
の実況中継で視る。コロナ禍でのオリパラの開催
の是非を考えさせられた。大会にも医療にも関係し
ていない立場なので、賛否の態度が定まらない。

瑞宝中綬章叙勲に中国の
SNSで届く祝いの伝言

(空撮 2021·11·10)

WeChat 元留学生の 祝伝言

　　朝は時々小雨。小雨の中庭でドローンを飛ばし空
撮する。WeChatで中国人元留学生から叙勲のお祝
いメッセージが届く。これらの元留学生は現在出版
準備中の「爪句@あの日あの人」にも掲載予定で、
そのページを切り取り空撮写真の天空に貼りつける。

デジタル化しても利用機会のないスライド写真

（空撮 2021・11・15）

スライドの　埃（ほこり）気にして　デジタル化

　最近は１日の経つのが早い。経つのが早いというより仕事の速度が遅くなり、ほとんど何もしないうちに１日が過ぎる。過去に撮影したスライド写真をデジタル化してスライドの方は捨てる作業を進めている。そのためのスキャナー装置も購入した。

過去の思い出写真や新聞記事とは様変わりの現代中国

(空撮 2022・2・15)

記事読みて　記録の写真　探したり

自分の名前の出ている新聞記事の切り抜きに「人民日報」があり、瀋陽工業大学への貢献が記されている。同大学に寄付で「青木奨学金」を設立した。日立製作所からパソコン40台の寄贈の橋渡しで、贈呈式で同社理事濱田正夫氏との写真が残る。

中国科学院の侯先生と
見学した明の十三陵

（空撮 2022・3・6）

デジタル化 中国電脳 再旅行

　1987年に出版した「中国パソコンの旅」で用いた写真等をデジタル化して写真の方は捨てる作業を終える。故宮の切手の本物は捨てるのがもったいないので取っておく。写真を見ていると35年も前の中国は現代の中国とは別の国のように見えてくる。

もう行く事もない
マダガスカルの動物を描く絵皿

(空撮 2022・3・18)

マダガスカル　行きそびれ見る　キツネザル

　良い天気を約束する朝で日の出時に庭で空撮。昨夕のオンライン勉強会の講師はメディア・マジックの里見英樹社長で、同社との共同研究の新聞記事を探し出す。里見氏推薦のマダガスカルに行きそびれ、同氏のアンテナ基地空撮も実現していない。

メープルタフィの問い合わせで探し出した写真

(空撮 2023・4・23)

半世紀　記憶固まり　楓飴

　娘の娘（著者の孫）からメープルタフィについて質問があり、ケベックでの記憶にある写真を探すようにとの依頼が娘からLINEで届く。娘が小学生の時に書いた「おいたちの記」にその写真があった。雪の上でメープルシロップを固まらせて食べる。

JR日着最長記録に挑戦した思い出

(空撮 2022・5・16)

日の出日や　写真整理で　過ごしけり

　　昨日滝上町の芝桜まつりに行き、その時の写真の整理。同道の福本氏と東京から来札の和田氏が芝桜の景観の中に写る。両氏とは色んな場所に行っていて、北海道新幹線の開業日に鹿児島山川駅を発ってその日の内に帯広駅に到着した思い出がある。

画文集に固定された
彼岸此岸の同期生

（空撮 2022・6・8）

三十年後 彼岸此岸と 同期生
（み そ とせ）

　昨日カナダから北大同期生の高谷邦夫君の訃報が届く。道新コラム「魚眼図」で同君を引用した記事を探し出す。記事に書いた天安門事件に関連した写真も出てくる。「きぼうの虹」に掲載したスケッチの画文集に同君一家との旅行の写真がある。

「晴」の字に見えるヒマワリ畑に作られた迷路

(空撮 2022・8・6)

「晴」てれば　ヒマワリ畑　迷路活き

　北科大の三橋教授が撮影した北竜町ひまわり畑の空撮写真に、畑に作られた迷路がはっきり写っている。漢字の「晴」と「北竜ひまわり」の文字が読み取れる。「晴」の字の日偏の部分が丸くなっているのは、てるてる坊主を表しているのかなと思う。

旅行の記憶を呼び覚ます
現地で拾った石

(空撮 2022・10・4)

雨降りは　記念石（いし）を見つめて　旅行かな

　終日雨で雨の止んだ隙に庭で空撮。散歩は休みで空撮の天空に貼る写真がない。代わりに旅行で拾ってきた石を旅行の写真と組み合わせる。1978年の中国洛陽の竜門石窟、1994年のメキシコ月のピラミッドとオーストラリアのカンガルー島の石が残っている。

造語「爪句」の由来の
サムネイル画像

(空撮 2022・1・3)

サムネイル　灰色世界に　色を添え

　　　終日雪降り。夕方に雪降りが止んだほんの少しの間を狙って庭で空撮。灰色の世界が広がる。爪句集第50集目の編集を行なっている。サムネイルで並べた画像のPC画面を空撮写真の天空に貼りつける。12月の17枚の画像とQRコードが並んで天空にある。

2023年6月に事業終了となったfind-h

（パノラマ写真 2022・1・28）

取材受け　パノラマ写真　技披露

　北海道新聞社が運営するクラウドファンディングfind-hで爪句集第50集出版と寄贈の支援者を公募中で、関連取材が新聞社内で行なわれた。パノラマ写真を撮り左からfind-hの惣田浩氏、デザイナー中島和哉氏、コピーライター佐々木美和さんが写る。

爪句集出版でかみしめている日本の平和

(空撮 2022・2・27)

著書見つけ 平和かみしめ 爪句集

　　北海道新聞の日曜版には図書に関する特集面がある。その面で片隅の道内出版の新刊情報欄で爪句集第49集が紹介されている。第1面にはロシア軍がウクライナ首都に迫っている記事がある。交友録のような爪句集を出版できる平和を感じている。

配る相手がいなくて
創刊号で廃刊の豆同人誌

（空撮 2023・3・27）

爪句刷り　読者もおらず　同人誌

　日の出の空は厚い雲で覆われ陽の姿はない。日の出空撮の散歩は止め、自宅庭の空撮写真に「4・7通信同人誌」を貼りつける。A4の用紙にA7判に縮尺した爪句をコピーしたものである。切れ目を入れ折り方にちょっとした工夫があり写真に説明を加える。

どんどん無くなる
JR北海道の駅

(空撮 2022・4・4)

撮り鉄や　爪句に残す　取材駅

コラムで紹介した爪句集に綴じ込んだ JR の路線図を見ると廃線により駅がどんどん消えている。東追分駅は 2016 年 3 月、十三里駅は 2017 年 4 月、石勝線の夕張支線が 2019 年 4 月、札沼線の石狩金沢駅から新十津川駅までが 2020 年 5 月と廃駅が続く。

スタジオでのテレビ解説
生放送の難しさ

(空撮 2022・4・5)

解説は　爪句交えて　生放送

NHK（北海道）の新番組「つながる＠北カフェ」のコーナー番組で「さっぽろハコモノ探検」の第1回目が 2011 年 4 月 19 日に始まった。その案内役で生放送出演となる。NHK の園部一也氏らと事前に取材した録画の 10 分間のスタジオ解説が難しかった。

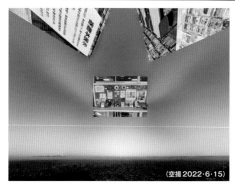

(空撮 2022・6・15)

望まれて　寄贈叶いて　爪句集

　北海道新聞の記事（2022・4・14）を目に留めた札幌市立新川西中学校司書の桑原衣里子先生から爪句集全50巻の寄贈受け入れの話があり、同校校長の渡部浩士先生が著者の家まで寄贈本を取りに来られた。今日寄贈本の展示の写真も送られて来る。

爪句集に載せた人も
紅葉のように人目を惹いている

(空撮2021・10・26)

紅葉や　人も目を惹き　爪句集

　「爪句@あの日あの人」の初校に相当するものが届く。爪句集に採録している人には現在激変期を迎えている方もおられる。札幌新陽高校の校長だった荒井優氏は今回の衆議院選で戦っている。小林博先生は道新文化賞に選ばれた記事が新聞に載る。

シマエナガの菓子に
変身した野鳥の爪句集

(空撮 2022・11・25)

シマエナガ　菓子に変身　飛びきたり

旭川藤星高等学校に爪句集50巻を寄贈した。そのお礼に同校の石川雅子先生から手書きの礼状と菓子折りが届く。先生は野鳥が好きで「爪句＠日替わり野鳥」や「爪句＠365日の鳥果」にも目を通され野鳥をデザインした旭川の菓子を送ってくれた。

北大退職が大学卒業ともみなせる研究・教育者人生

(空撮 2023・2・10)

退職が　大学卒業　コラム記事

北大退職に際して学内で最終講義を学外では記念講演を開催してもらう。2005年1月の事で講演会は北海道新聞でも報道された。同紙に執筆していたコラム「魚眼図」も同年3月が最終回となった。北大卒業後そのまま大学に残り退職が卒業となる。

北海道スパークラスターマップ＆カレンダー

(空撮 2023·3·26)

我が名あり　知事が指さす　暦かな

BizCafe が活動資金を捻出するためカレンダーの制作を行なった。スパークラスターと銘打って支援企業の会社ロゴを並べてカレンダーに貼り込み参加企業に購入してもらった。著者は個人名を印刷してもらい披露式で高橋はるみ知事が名前を指さした。

示される絵の組みを予め覚えて臨む認知機能検査

<ruby>予<rt>あらかじ</rt></ruby>め

（空撮 2022·4·13）

検査前　ネットで回避　認知症

　高齢者の運転免許の更新に先立って認知機能検査がある。今日が検査日で会場に出掛ける予定。ネットには試験問題と配点まで出ている。絵を16枚見てから別の作業をし、先の絵を思い出して書き出す。4組の16枚の絵を予め覚えればテストにならない。

手作り商品の徽章台作製の内職を手伝った思い出

(空撮 2022・6・30)

手作りの　思い出残す　徽章台（きしょうだい）

　終活で物を整理しているとタイムカプセルを開けた錯覚になる。浦河第一中学校の創立50周年記念テレカが出てきて旧校舎の方に通った。徽章台は厚紙の台に黒布と白線の手製で青木商店の特約商品だった。弁論大会の写真に中学1年の自分がいる。

実家青木商店からカナダ留学までを思い起こす家族の写真

（空撮 2021・9・9）

残る写真　家族の歴史　語るかな

　カナダ・ケベック州の Laval 大学物理学科に 1969 年から 71 年まで留学した。受け入れてくれたのは光学が専門の A. Boivin 教授で写真はあまり撮っておらず、先生宅訪問時のものが残る。妻と娘のカナダ時代の写真があり、帰国後に息子が加わる。

後に判明した
胃潰瘍による体重減

(空撮 2022・11・10)

ワクチンの　接種に迷うや　体重減

　新聞報道ではコロナの道内感染が連日最多で9500人を超えている。昨日第5回目のコロナワクチン接種の案内が届いている。この1、2カ月食欲不振で体重が10Kg以上減っていてヤバい。ワクチン接種の後遺症ではないかと疑念を抱いている。

小さくても家人と 確認できる機関紙写真

(空撮 2022・11・27)

ねず空に　青赤添えて　花実かな

　雪がちらついている中でドローンを飛ばし空撮を行なう。健康サークルの機関紙「ていねやま」に再開された「ふまねっと」の写真。家人が写っているのを記録しておく。庭の紅紫檀の赤い実や咲き残る青いボリジの花を撮って空撮写真に貼りつける。

出版した爪句集とカレンダーで
デザインした年賀状

(空撮2021・12・8)

今年又　賀状制作　師走かな

　　郵便局に行く途中の畑に沿った道で空撮。12月
も中旬に入ろうとしていて年賀状の制作が気にな
る。例年通り今年出版した爪句集の表紙と空撮パノ
ラマカレンダーを並べたデザインにする。プリンター
を長い事使用しておらずインク詰まりが心配だ。

病と競走しながらの
爪句集原稿整理

(空撮 2022・12・13)

稿整理 病急き立て 爪句集

12月中に急遽入院検査や手術が予定されていて、クラウドファンディングで出版予定の爪句第51集の原稿整理。今年1年間分の空撮写真はかなりの量である。ドローン申請で来宅した山本修知氏から健康食品のモリンガ粉や霊芝入りの和漢だしを頂く。

結局目も通さなかった
持ち込み本

(空撮 2022・12・25)

ヘロヘロの　がんを願いて　治療かな

　今日はいよいよ市立札幌病院に入院である。昨夕医者の娘と電話をしていたら、80歳を過ぎれば身体も衰えるけれど体内のがんも元気がなくヘロヘロだとの言葉が少し慰めになる。入院に際して「金子兜太のことば」を持っていくことにする。

あとがき

　本爪句集は爪句集第 52 集「爪句@天空に記す自分史」の続編である。第 52 集の原稿を整理していて、第 52 集に収まり切らないものを第 53 集としてまとめている。書名に整理箱とあるように、整理箱に貼るラベルを 20 に分けてみた。それぞれのラベルの箱に、空撮写真の天空部分に複数枚の写真を貼りつけたものがあり、一枚の空撮写真でテーマに添った異なる写真を鑑賞できる。ただし、空撮写真は必ずしも時系列に配列していない。

　このような写真法の利点や欠点については第 52 集の「あとがき」でも述べている。利点については、紙に印刷すれば 1 枚の写真でも、写真と組みになっている QR コードを読込む事で、空撮写真の天空部分に貼りつけられている写真を拡大して見る事ができる。例えば、空撮写真撮影のために複数の機種のドローンを、複数年にわたり飛行許可・承認書を申請している。その飛行許可・承認書をまとめて 1 枚の空撮写真に貼り込んでおく事が可能で、何かの折に確認する時に便利である。実例として、空撮写真に複数枚の飛行許可・承認者を貼りつけたものを、第 52 集の「あとがき」に示してある。

　このような写真貼り込みの空撮パノラマ写真では、サーバーにデータが保存されていればインター

ネットを介して再現して見る事が出来る。しかし、サーバーからデータが削除された時点で、紙に印刷された只の写真になってしまう。サーバーにどれだけ長くデータが残されるかが、パノラマ写真としての機能を活かした本の寿命を決めている。紙とインターネットを組み合わせた本の宿命である。

爪句集シリーズが50集を超すまでになると、在庫が貯まってくる問題が次第に大きくなって来ている。その対処法として、これまで出版した爪句集を市町村の図書館や大学・高校・中学校の図書室に寄贈する事を考え実行して来ている。そのため爪句集出版と寄贈をクラウドファンディング（CF）の支援に頼ることを試みている。これまでACTNOW社や北海道新聞社のfind-h（2023年6月事業終了）のCFで「爪句集シリーズを出版・寄贈して新しい写真文芸・爪句を普及させたい」とのプロジェクト名で目標金額10万円で支援をお願いしている。

本爪句集第53集のCFの結果はこの「あとがき」を書いている時点では確定していない。同様にCF支援で出版した第52集の出版記念会を2023年6月28日に札幌テレビ塔の宴会場で開いている。北海道現代史・資料編2（産業・経済）に北海道マイクロコンピュータ研究会の機関誌「μコンピュータの研究」1号（1976年）が採録された事も併せての記念会である。会には30名を超す方々が出席された。出席者のパノラマ写真をここ

に載せておく。出版記念会に出席された方々には
ここで改めてお礼を申し上げる。

　CF支援で出版した既刊の爪句集の寄贈が行われ
た施設を、記録の意味を込めてここに列記しておく。
道立北海道文学館は「豆本ワールド」（2020・4・11
〜コロナ禍で途中中止後期間再設定で再開催）の
特別企画展でも展示された。北海道立図書館、札
幌市は中央図書館、図書・情報館、新琴似、東札幌、
澄川各図書館、中央区民センター、北区民センター、
南区民センターの各図書室、篠路地区センター、新
琴似新川地区センター、拓北あいの里地区センター、
菊水元町地区センター、北白石地区センター、厚別
西地区センター、厚別南地区センター、東月寒地区
センター、藤野地区センター、もいわ地区センター、
はちけん地区センターの各図書室への寄贈が終
わっている。大学としては小樽商科大学、札幌国
際大学、札幌大学、星槎学園道都大学、北大情報
科学院図書室、北星学園大学、旭川高専、京都コ
ンピュータ学院（京都情報大学院大学）である。高
校としては札幌市立大通高校、札幌新陽高校、道
立浦河高校、旭川藤星高校、星槎高校、特殊学校
としては札幌ランゲージセンター、中学校では札幌
新川西中学校、浦河第一中学校、市町村図書館と
しては石狩市市民図書館、浦河町立図書館、占冠
村立図書館、町立様似図書館、町立沼田町図書館、
比布町図書館、美唄市立図書館、旭川市立図書館、

東川町せんとぴゅあⅠ、新ひだか町図書館、剣淵町絵本の館、大樹町図書館、美瑛町図書館、上富良野町立図書館、私的施設としてはレトロスペース・坂会館、北海道霊芝（旧美唄西小学校校舎）である。

爪句集の寄贈に関しては札幌中央図書館の関係者、爪句集寄贈会（代表者青木由直、齋藤清・元旭川高専名誉教授、渡部浩士・元新川西中学校長、奥山敏康・アイワード社長、三橋龍一・北海道科学大学教授、里見英樹・メディア・マジック社長）や他の方々にお世話になっている。これらの方々にお礼申し上げる。

出版に当たっては共同文化社の竹島正紀氏、鶴田靖代さん、共同文化社元社員長江ひろみさんにお世話になりお礼申し上げる。本爪句集編集の頃に背骨の圧迫骨折で身体の自由がままならない著者の看病も含め、爪句集出版の後方支援をしてもらった妻にも最後に感謝の言葉を記しておきたい。

クラウドファンディング支援者のお名前
(敬称略、支援順、カッコ内爪句集 50 巻寄贈先施設名)

青木順子、三橋龍一（大樹町図書館）、相澤直子、芳賀和輝（2 口）、長江ひろみ、渡部浩士、三村有輝、三村（旧姓三橋）由季、奥山敏康、菊地美佳子、池田由紀子、齋藤清（美瑛町図書館、上富良野町立図書館）、佐藤征紀

(2023 年 6 月 28 日、撮影：福本工業山本修知氏)

「北海道現代史・資料編 2 (産業・経済)」資料採録記念及び爪句集第 52 集「爪句@天空に記す自分史」出版記念会

著者：青木曲直（本名由直）（1941 ～）

北海道大学名誉教授、工学博士。1966 年北大大学院修士修了、北大講師、助教授、教授を経て 2005 年定年退職。e シルクロード研究工房・房主（ほうず）、私的勉強会「e シルクロード大学」を主宰。2015 年より北海道科学大学客員教授。2017 年ドローン検定 1 級取得。北大退職後の著作として「札幌秘境 100 選」（マップショップ、2006）、「小樽・石狩秘境 100 選」（共同文化社、2007）、「江別・北広島秘境 100 選」（同、2008）、「爪句@札幌＆近郊百景 series1」～「爪句@天空に記す自分史 series52」（共同文化社、2008 ～ 2022）、「札幌の秘境」（北海道新聞社、2009）、「風景印でめぐる札幌の秘境」（北海道新聞社、2009）、「さっぽろ花散歩」（北海道新聞社、2010）。北海道新聞文化賞（2000）、北海道文化賞（2001）、北海道科学技術賞（2003）、経済産業大臣表彰（2004）、札幌市産業経済功労者表彰（2007）、北海道功労賞（2013）、瑞宝中綬章（2021）。

≪共同文化社　既刊≫

〔北海道豆本series〕

1　爪句@札幌＆近郊百景
　　212P（2008-1）
　　　定価 381 円＋税
2　爪句@札幌の花と木と家
　　216P（2008-4）
　　　定価 381 円＋税

3　爪句@都市のデザイン
　　220P（2008-7）
　　　定価 381 円＋税
4　爪句@北大の四季
　　216P（2009-2）
　　　定価 476 円＋税

5　爪句@札幌の四季
　　216P（2009-4）
　　　定価 476 円＋税
6　爪句@私の札幌秘境
　　216P（2009-11）
　　　定価 476 円＋税

7　爪句@花の四季
　　216P（2010-4）
　　　定価 476 円＋税
8　爪句@思い出の都市秘境
　　216P（2010-10）
　　　定価 476 円＋税

9　爪句@北海道の駅－道央冬編
　P224（2010-12）
　定価476円＋税

10　爪句@マクロ撮影花世界
　P220（2011-3）
　定価476円＋税

11　爪句@木のある風景－札幌編
　216P（2011-6）
　定価476円＋税

12　爪句@今朝の一枚
　224P（2011-9）
　定価476円＋税

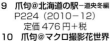

13　爪句@札幌花散歩
　216P（2011-10）
　定価476円＋税

14　爪句@虫の居る風景
　216P（2012-1）
　定価476円＋税

15　爪句@今朝の一枚②
　232P（2012-3）
　定価476円＋税

16　爪句@パノラマ写真の世界－札幌の冬
　216P（2012-5）
　定価476円＋税

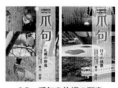

25 爪句@北海道の駅－根室本線・釧網本線
224P（2015－7）
定価476円＋税
26 爪句@宮丘公園・中の川物語り
248P（2015－11）
定価476円＋税

27 爪句@北海道の駅－石北本線・宗谷本線
248P（2016－2）
定価476円＋税
28 爪句@今日の一枚－2015
248P（2016－4）
定価476円＋税

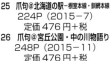

29 爪句@北海道の駅
　－函館本線・留萌本線・富良野線・石勝線・札沼線
240P（2016－9）
定価476円＋税
30 爪句@札幌の行事
224P（2017－1）
定価476円＋税

31 爪句@今日の一枚－2016
224P（2017－3）
定価476円＋税
32 爪句@日替わり野鳥
224P（2017－5）
定価476円＋税

33 爪句@北科大物語り
224P（2017−10）
定価476円＋税

34 爪句@彫刻のある風景―札幌編
232P（2018−2）
定価476円＋税

35 爪句@今日の一枚―2017
224P（2018−3）
定価476円＋税

36 爪句@マンホールのある風景 上
232P（2018−7）
定価476円＋税

37 爪句@暦の記憶
232P（2018−10）
定価476円＋税

38 爪句@クイズ・ツーリズム
232P（2019−2）
定価476円＋税

39 爪句@今日の一枚―2018
232P（2019−3）
定価476円＋税

40 爪句@クイズ・ツーリズム―鉄道編
232P（2019−8）
定価476円＋税

41 爪句@天空物語り
232P（2019−12）
定価 455 円＋税

42 爪句@今日の一枚 — 2019
232P（2020−2）
定価 455 円＋税

43 爪句@ 365 日の鳥果
232P（2020−6）
定価 455 円＋税

44 爪句@西野市民の森物語り
232P（2020−8）
定価 455 円＋税

45 爪句@クイズ・ツーリズム — 鉄道編 2
232P（2020−11）
定価 455 円＋税

46 爪句@今日の一枚 — 2020
232P（2021−3）
定価 500 円（本体 455 円＋税 10%）

47 爪句@天空の花と鳥
232P（2021−5）
定価 500 円（本体 455 円＋税 10%）

48 爪句@天空のスケッチ
232P（2021−7）
定価 500 円（本体 455 円＋税 10%）

49　爪句@あの日あの人
豆本　100 × 74㎜　248P
オールカラー
（青木曲直 著　2021−12）
定価 500 円（本体 455 円＋税10%）

北海道豆本 series50

爪句

TSUME-KU

@今日の一枚
― 2021

北海道大学名誉教授
北海道科学大学客員教授　青木 曲直

50　爪句@今日の一枚 ― 2021

豆本　100 × 74mm　232P
オールカラー
（青木曲直 著　2022-2）
定価500円（本体455円＋税10%）

北海道豆本 series51

爪句
TSUME-KU

@空撮日記 ― 2022

北海道大学名誉教授
北海道科学大学客員教授　青木 曲直

51　爪句@空撮日記 ― 2022
豆本　100 × 74㎜　232P
オールカラー
（青木曲直 著　2023-2）
定価500円（本体455円＋税10%）

北海道豆本 series52

爪句

TSUME-KU

@天空に記す自分史

北海道大学名誉教授
北海道科学大学客員教授　青木 曲直

52　爪句@天空に記す自分史
豆本　100 × 74㎜　236P
オールカラー
（青木曲直 著　2023-6）
定価500円（本体455円＋税10%）

北海道豆本　series53

爪句＠天空の整理箱
都市秘境100選ブログ　http://hikyou.sakura.ne.jp/v2/

2023年9月8日　初版発行

著　者　青木曲直（本名 由直）
　　　　aoki@esilk.org
企画・編集　eSRU 出版
発　行　共同文化社　〒060-0033　札幌市中央区北3条東5丁目
　　　　TEL011-251-8078　FAX011-232-8228
　　　　https://www.kyodo-bunkasha.net/
印　刷　株式会社アイワード
定　価　500円［本体455円＋税］